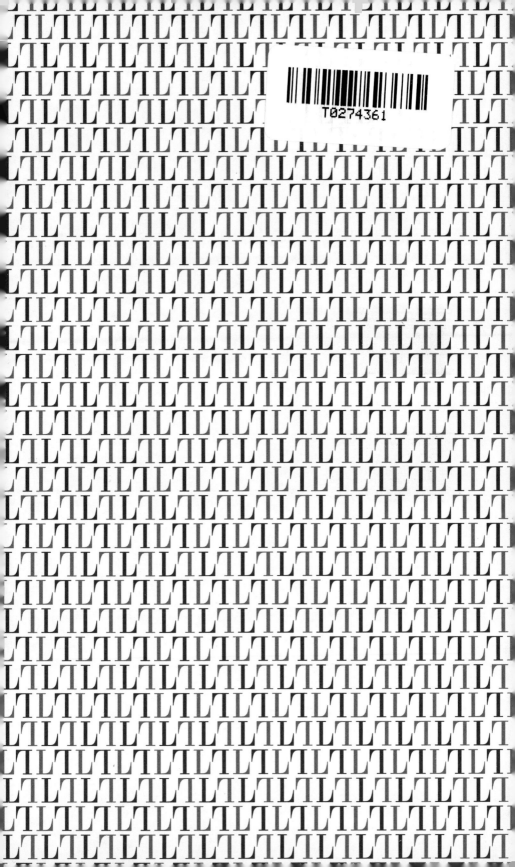

Notas desde el interior
de la ballena

Notas desde el interior de la ballena

Ave Barrera

Lumen

narrativa

El papel utilizado para la impresión de este libro ha sido fabricado a partir de madera procedente de bosques y plantaciones gestionadas con los más altos estándares ambientales, garantizando una explotación de los recursos sostenible con el medio ambiente y beneficiosa para las personas.

Notas desde el interior de la ballena

Primera edición: marzo, 2024

D. R. © 2023, Ave Barrera
Publicado mediante acuerdo con VicLit Agencia Literaria

D. R. © 2024, derechos de edición mundiales en lengua castellana:
Penguin Random House Grupo Editorial, S. A. de C. V.
Blvd. Miguel de Cervantes Saavedra núm. 301, 1er piso,
colonia Granada, alcaldía Miguel Hidalgo, C. P. 11520,
Ciudad de México

penguinlibros.com

ISBN: 978-607-384-331-7

Impreso en México – *Printed in Mexico*

To live in this world
you must be able
to do three things:
to love what is mortal;
to hold it
against your bones knowing
your own life depends on it;
and, when the time comes to let it go,
to let it go.

Mary Oliver,
«In Blackwater Woods»

Capítulo I

Si cierro los ojos, caigo

Empieza a azulear el cielo del otro lado de la ventana del autobús. Apenas distingo el contorno oscuro del llano, las siluetas de los montes y de los árboles. Los audífonos suenan inútilmente entre mis piernas con voz de hormiga. Los apago y reviso la hora: 6:15, estamos por llegar. Ninguna llamada, ningún mensaje. Marco el número de mi padre, pero no contesta. Debió quedarse dormido. Le he dicho vez tras vez que puedo tomar un taxi, pero él no lo permite, insiste en ir a recogerme y en llevarme a la estación. En la secundaria, incluso en la prepa, cuando rogaba que me dejaran ir sola a la escuela para tener un poco de libertad, era lo mismo. Amar y controlar pueden llegar a confundirse.

De nuevo miro por la ventana: hay un instante, cuando despunta el alba, en que parece que las sombras jamás van a iluminarse y el sol saldrá sobre un mundo de siluetas recortadas en negro. Un segundo después la luz avanza también sobre las sombras y se puede sentir el alivio de la realidad con todos sus colores. Mi padre llama cuando el autobús va entrando a la ciudad. Voy para allá, dice. Tendré que esperarlo treinta o cuarenta minutos. Mientras tanto, llegará el amanecer.

Baileteo y tiemblo en la banqueta por pura ansiedad, aunque quiero creer que se trata del frío acumulado en los huesos durante el viaje. Los taxistas de acento ranchero que me asediaron al salir ahora me miran de reojo esperando a que me arrepienta de mi negativa. Veo por fin el toldo color guinda del coche de mi padre en la entrada del circuito que bordea la terminal. Levanto el brazo para hacerme notar. Él se detiene y baja para ayudarme a subir la maleta. Me da un abrazo y percibo el aire pesado de su boca, su olor corporal, su cansancio. Subimos al coche y me pongo el cinturón, él no, él piensa que usar el cinturón de seguridad es una regla estúpida. Antes de acelerar me ofrece un termo de café con leche. Le doy las gracias y bebo un sorbo. No acostumbro tomar café soluble ni ponerle azúcar, pero la bebida dulce y tibia me reconforta.

Salimos a la avenida Lázaro Cárdenas. El sol se levanta a nuestras espaldas. ¿Cómo te fue de viaje, pudiste dormir?, pregunta y yo le respondo que más o menos. Me estrujo el cuello adolorido. Sé que la sensación de somnolencia no se me va a quitar en todo el día, los párpados pegajosos, la frente pesada. ¿Cómo van las cosas en el trabajo? Respondo vaguedades. Al dar vuelta en calzada Revolución el sol me da de lleno en el lado derecho del rostro y me adormece, pero a los pocos minutos se vuelve picante; antes de las nueve será insoportable. Calor, frío, calor frío. Hay algo en mi cuerpo, algo irracional que percibe la furia de este clima y se resiste a esta latitud: se me secan los labios, me sangra la nariz, se me dilatan las venas y aparece una leve pero constante sensación de asfixia. Apenas se nos agotan las preguntas superficiales, empiezo a sentir que se contraen los músculos de mi espalda, me sudan las manos, se me irrita el estómago. Quiero bajar del coche, volver a pie a la terminal y subir en el primer autobús que me lleve de regreso, pero me quedo quieta, con el cuerpo contenido como si en cualquier momento fuéramos a chocar.

El coche avanza entre camiones, ruido, resplandores metálicos y la grisura conocida de las avenidas de siempre. Oigo a mi padre soltar todo el aire de sus pulmones en un soplido lento. Esa es la señal. Sus palabras, sus silencios, van enredando en mí el hilo transparente que reprocha mi ausencia. Con la siguiente bocanada comenzará el recuento, el «informe puntual de la situación», para ello empleará un tono solemne y frío, repetirá algunos términos médicos, recurrirá a estrategias discursivas como la recapitulación, la enumeración o la exégesis. Dará cuenta de los procedimientos que tuvieron lugar en el cuerpo de mi madre, mientras que el hilo oculto entre sus palabras reprocha mi ausencia, desaprueba el equívoco que soy, el hecho de no ser lo que de mí se espera. Yo aprieto los puños y siento el cáñamo transparente que se me anuda por dentro y corta.

Así han sido estos últimos cuatro años: vivo en la ciudad de Oaxaca y viajo constantemente a la Ciudad de México para ir a la imprenta o hacer algún trámite de la editorial. Cada cinco o seis semanas, aprovecho esos viajes para escaparme unos días a Guadalajara y ver a mi madre. Tomo el autobús nocturno, mi padre pasa por mí, termo de café con leche, mal aliento, frío, calor, resplandores metálicos y estruendo. Contengo el cuerpo para escuchar el informe puntual de la situación, las reuniones con los especialistas y las decisiones que se tomaron. El recuento dura lo que el trayecto entre la terminal de autobuses y el hospital.

Mi padre se detiene frente a la rampa de urgencias y me entrega un rectángulo de cartulina azul del tamaño de un separador de lectura, impreso con un sello de tinta violeta y escrito con garabatos ilegibles la vigencia, el número de cama, la firma de la jefa de Trabajo Social. Por favor, no vayas a perderlo, dice. Con el pase de visita en mano entro, tomo el elevador, me aprieto entre camillas con enfermos, sillas de ruedas, sondas, vendajes, bultos, rezos; camino por los corredores intentando aparentar aplomo, asomo hacia los otros cuartos y veo un catéter, una pierna desnuda, los pliegues marchitos de una espalda, respiro sin pudor el aire mórbido y me presumo fuerte, ningún temblor, ninguna duda. Entre las sábanas de una cama indistinta encuentro a mi madre, más o menos despierta, más o menos consciente; a veces me mira, a veces incluso llega a sonreír o pronuncia mi nombre. Otras veces permanece lejos.

En esta ocasión la ruta es distinta. Pasamos de largo la desviación al hospital. Estoy lista para oír el informe, pero mi padre sigue callado. Entiendo su juego: quiere obligarme a que sea yo quien pregunte, ponerme en evidencia, quiere que sea yo quien dé vueltas al cáñamo y me enrede sola.

—¿Cómo está mi mamá? —me escucho decir, ajena a la voluntad de mis labios. Las palabras «cómo está» no cumplen con la medida de la realidad que increpan. Es una pregunta simple, estúpidamente ingenua, como si ella en realidad *estuviera*.

Mi padre sigue callado. Llegamos al cruce de Circunvalación e Independencia. Nos detenemos frente a la luz roja y mi padre vuelve a tomar aire, a escupirlo despacio como si se fumara mi impaciencia.

Necesito salir a la superficie a respirar, pero el cáñamo me lo impide, me ata, me retiene en la asfixia. «Habla ya, carajo, di lo que tengas que decir», grito por dentro y volteo dispuesta a arrojarle mi desesperación.

Mi padre está plegado sobre sí. Su espalda se sacude en resuellos y se aprieta los ojos con el índice y el pulgar de la mano izquierda. Suena la bocina del coche de atrás. Él se limpia la cara, fija la mirada al frente y avanza. Es la primera vez que lo veo llorar.

Mi madre está en su casa esperando a la muerte. Un astrocitoma de células estrelladas del tamaño de un rambután enraizó entre el lóbulo frontal y el temporal izquierdo de su cerebro. Los últimos cuatro años habían sido una serie de sobresaltos que se alternaban con periodos de recuperación y recaídas, ranuras por donde asomaba la esperanza o la tragedia. Había que lidiar con lo inmediato, resolver una serie de necesidades, cumplir con los procedimientos médicos de la supuesta batalla. La lucha requería un ritmo de largo aliento: resistencia, esfuerzo, inercia. No podíamos detenernos a reparar en el significado de las cosas.

Entonces llegó la decisión de la cirugía: retiraron el tumor junto con la masa encefálica que lo rodeaba, los recuerdos, las palabras, las sinapsis. El mundo interior de mi madre se vio ocupado por el vacío. El tiempo de la lucha terminó, se agotaron los intentos por traer a mi madre de vuelta. Ahora sabemos que la expectativa de recuperación es nula, que el final puede llegar en cualquier momento, nadie puede decir cuándo. Esta vez no hay hospital ni reporte médico, lo único que queda es esta claridad que deslumbra y lastima, el sonido sordo del derrumbe.

«Toda mi escritura transcurre dentro
de la soledad de una ballena.»

María Malusardi,
Una madre es un piano triste

1

Escribo estas notas en hojas blancas que tomo de una resma, a lápiz, sobre una tabla apoyada en las piernas, en un sillón raído con
estampado de mariposas. Vivo en una cabaña, en San Miguel
Ajusco. El predio tiene solo cuatro casas en lo alto de una ladera
de pasto silvestre, el triángulo donde convergen dos ríos. En la
margen crecen grandes cedros y encinos. Fuera de mi casa hay
perales, ciruelos, magueyes. Las peras retumban en el tejado al
caer, mordisqueadas por las ardillas. Los cacomixtles corretean
por las noches sobre el techo de mi cuarto, puedo ver su cola
anillada a través del tragaluz. Ajusco viene del náhuatl *Axochco*
y significa «lugar donde florece el agua». Hay borregos y campos
de maíz, los vecinos tienen gallinas, un gallo desafinado y una
parvada de guajolotes. Los ríos están sucios, arrastran basura y
muerte. Cuando llueve, el arroyo junto a mi ventana crece y su
rugido se vuelve ensordecedor. El olor a drenaje es insoportable.
    Vine aquí para estar cerca de la montaña y sentir su abrazo.
Al principio no lo sabía, pero ahora me doy cuenta: vine aquí
para escribir sobre esto, sobre el duelo, pero también sobre
la vida, sobre la fractura, sobre mi madre y nuestras mutuas
ausencias. La palabra *derivar* es origen y también es errancia.
Han pasado trece años desde su muerte. Trece años y estoy
aquí, como quien cumple con la maldición de un espejo roto.

Enciendo un poco de leña en la chimenea porque es invierno y este lugar puede llegar a ser helado. La humedad trasmina los muros y el frío se lleva constante en la punta de la nariz, en las manos, en las pantorrillas, desconcierta el tacto de los objetos: la tela del cojín, el lápiz, el asiento del baño. Es verdad que no estamos en el Yukón, pero el abrazo del Axochco hiela a un ritmo lento y sin tregua; se va colando a las raíces de las plantas y les impide crecer, ralentiza la velocidad de las lombrices que se demoran en dar cuenta de la composta, me contrae los vasos capilares de los pies y de las manos y los acerco al fuego hasta casi quemarme. Escribo con los dedos entumecidos. Lleno una hoja tras otra y las voy dejando de revés en una pila sobre el escritorio. Encima, como pisapapeles, pongo una piedra con forma de corazón humano, una piedra roja del tamaño de mi puño que recogí de las orillas del río Fuerte, en Sinaloa, el río junto al que creció mi madre, donde un año después de su muerte mi padre y yo esparcimos sus cenizas, entre las raíces sumergidas de un sauce. Nada de tumbas. Mi madre es un río, se aleja y no vuelve. Yo voy navegando a la deriva.

Conforme nos acercamos a la casa de mi madre voy reconociendo mis lugares de infancia: la avenida Circunvalación con su camellón sembrado de casuarinas grises, el edificio donde estuvo mi primer kínder y que ahora es un spa, la vieja y confiable Farmacia Guadalajara, donde no venden preservativos ni pastillas del día siguiente porque atenta contra la voluntad de Dios. Con cada regreso noto los cambios que van convirtiendo a la ciudad en otra, más plástica y decadente. Hay un Dormimundo en donde estaba antes la pastelería Cafin, el horrendo payaso de la mampara me hipnotizaba al pasar, y me quedaba lela mirando las muestras de pasteles decorados con picos, flores y cenefas de betún escandaloso, saboreando el anhelo de ver mi nombre escrito en letra de duya, de celebrar mi cumpleaños rodeada de amigos y familia como hacía todo el mundo. Todos, menos nosotros. A Jehová no le gustan los cumpleaños; soplar las velas de un pastel y pedir un deseo también atenta contra la voluntad de Dios.

Con cada regreso la memoria se traslapa y se sobrescribe. Hay un desfase entre las imágenes superpuestas que me hace sentir lejos aun cuando mi cuerpo se encuentra en este mismo sitio. El presente no se corresponde ya con el lugar al que pertenecí, no pertenezco tampoco a la ciudad donde ahora vivo, no del todo, no pertenezco a ninguna parte, el espacio que consideraba mío ahora solo habita en el recuerdo.

Sin embargo, mi cuerpo conoce de memoria el ritmo de la ruta, la inclinación de la vuelta en la glorieta de Tránsito, el tiempo del semáforo, la velocidad de arranque. Pasamos junto al supermercado, que primero fue Woolworth y después Gigante y después Soriana, el siguiente alto nos detiene junto a una serie de locales sin suerte en los que ningún negocio prospera; cortinas metálicas cerradas y grafiteadas, vidrios rotos, plafones caídos; donde había un banco ahora hay una tienda de cobijas por catálogo, donde había un Videocentro ahora hay una casa de empeños. En la siguiente esquina doblaremos a la derecha para entrar a nuestra colonia. El desfase también me hace ver las cosas que no cambiaron en la realidad, pero sí en mi percepción, como la casa de la esquina que me parecía inmensa y que ahora veo pequeña, o nuestra calle, ahora tan estrecha y que era mi mundo.

La casa de mi madre, la casa donde crecí y que no puedo llamar *mía* porque su sombra pesa demasiado, se encuentra en la privada de un fraccionamiento de interés social de clase media que se construyó en los años setenta a partir del mismo plano de 160 metros cuadrados con ligeras variantes. Casas de ladrillo de una planta, con cochera al frente y un pequeño recuadro de jardín. Un modelo de arquitectura simple, como hoja en blanco, al que cada propietario iría dando su propio carácter hasta convertir el fraccionamiento en un barrio variopinto donde cada fachada es más fea y pretenciosa que la siguiente, de acuerdo con las modas, el presupuesto y el remilgado sentido estético de los que viven aquí.

La casa de mi madre no es la más ostentosa, pero sí la más bonita de la privada. El tejabán sobre la cochera le da un aire colonial y campirano, aunque se puede percibir el deterioro que ha ido minando su encanto, el vitropiso color barro que mi padre mandó poner en la primera remodelación pasó de moda hace diez años.

Bajo del coche para abrir el cancel y mi oído reconoce su canción de metales, el compás del cerrojo, el rechinido familiar de las bisagras. En la jardinera crecen las margaritas rastreras y el agapanto que sembró mi madre de unos bulbos que le pidió al jardinero de una hacienda que visitaba. Sentía especial aprecio por las cosas que le habían salido gratis. Esperó paciente durante muchos años a que floreciera, este verano dará sus primeros racimos de flores violeta, pero ya no podrá verlos.

2

«Mujeres que escriben para explicarse cosas acerca de sí mismas», escribe Brenda Ríos en una línea de chat mientras conversamos acerca de este género híbrido entre ensayo personal, crónica, novela de sí, desarticulación de los espejismos que nos hemos inventado para sobrevivir, y que para mí es ahora este desmontar pieza por pieza para poner sobre el escritorio, en una resma de hojas, bajo una piedra con forma de corazón humano, los recuerdos, las preguntas, las ideas, las citas de los libros que me hacen pensar, y analizarlos hasta encontrar el sentido, la explicación, una versión al menos, una lógica que haga encajar de nuevo las piezas y eche a andar el mecanismo. Entonces podré seguir con la vida. Antes no.

Mi nana abre la puerta de la casa para recibirnos y su cara se llena de una alegría pueril, los ojos muy abiertos: ya llegaste, mija, qué bueno, Jehová bendito. Se le quiebra la voz. La abrazo y siento el calor de su cuerpo blando y amplio, un cuerpo en el que me fundo y dejo de ser yo. Su pecho es una masa tibia que me envuelve. Me fundo de fundir, me fundo de fundar. La madre de mi madre es la fuente primigenia, a ella pertenezco, el verdadero regreso son sus brazos.

La cocina huele a ajo y a frijoles. La olla exprés silba en la estufa. Viene a recibirnos mi tía Marthita, la única hermana de mi madre. Ellas dos están aquí desde hace un año. Dejaron su casa en el pueblo, dejaron el negocio de la pizzería junto a la plazuela, allá en El Fuerte, para venir junto a mi madre y cuidarla. Ellas hicieron lo que yo no pude, renunciaron a su vida para cuidar de otra. Yo decidí quedarme a la distancia, como si eso pudiera salvarme de este fuego. Ahora estamos completas, soy con ellas la tercera moira.

Mi nana llora siempre que alguien llega o se va de viaje. Ante la mínima provocación sus ojos se inyectan de sangre, su boca hace una mueca, le tiembla la barbilla, se le quiebra la voz. Desde niña he sentido vergüenza de ver que el llanto le brote así, como la carcajada o el disgusto. Me endurezco y una risa nerviosa me anuda el rostro, miro hacia otro lado, quiero esconder la cara, mis ojos secos. Yo no puedo llorar. Quizá sea mi modo de guardar silencio. Mis ojos dicen no. Mis ojos callan.

Mi tía Marthita no llora, aunque parece agotada y los cristales de sus lentes están llenos de puntitos blancos. Dice: pásale, mija, para que veas a tu mami. Dejo mis cosas en el comedor y voy al fondo de la casa, entro a la recámara y me acerco a mi madre sin dramatismos, le acaricio el pie derecho que asoma fuera de la sábana, sonrío como si pudiera verme a través de los párpados, como si pudiera sentir el tacto de mis manos. Hay quien dice que las personas en el estado en que se encuentra mi madre pueden percibir lo que sucede a su alrededor. Háblale, mija, tu mami puede escucharte, insistía una señora en el hospital. Yo prefería quedarme callada. Mi madre no me escuchaba entonces y tampoco me escucha ahora, no sabe que estoy aquí, mi madre está ausente. Un oxímoron. Permanece su respiración, permanecen algunos reflejos, su piel sigue estando tibia, pero no la siento conmigo, no puedo hablarle.

Mi padre, en cambio, le habla todo el tiempo. Entra a la habitación a paso rápido, sin detenerse, se inclina para llenarla de besos y le dice ¿qué pasó, chiquita linda?, ¿cómo está, eh? Envidio su capacidad para vivir el estado de las cosas y soportar. Se incorpora y dice que tiene que hacer varias llamadas. Sale del cuarto y nos deja de nuevo solas.

Observo la habitación: la cortina color melón, los espejos donde se reflejó su mirada, el tocador, la silla donde dejaba su ropa, la de trabajo, la de salir, la de media mugre, la bata japonesa con que cubría el camisón en las mañanas. El mueble de la cabecera parece huérfano recargado contra el muro, sin base ni colchón, mi padre quitó su cama king size para adecuar la recámara a las nuevas necesidades. En la alfombra quedó dibujada la silueta de la cama ausente: dentro, las cerdas son afelpadas y color chedrón brillante, casi naranja; fuera de la silueta las cerdas son ralas y su color es oscuro como de barro húmedo.

Sobre el mismo lugar donde mi madre durmió los últimos treinta años, mi padre colocó una cama hospitalaria. Ahí es donde yace mi madre, su ausencia. La altura de ese tipo de camas es ideal para el caso, una puede mover a la persona postrada sin romperse la espalda, el doblez de la parte superior ayuda a que la persona convaleciente incorpore la mitad del cuerpo, el pliegue en las piernas favorece la circulación de la sangre y la angostura permite que quien cuida se acerque a ella desde ambos lados para insertar el catéter, tomar la temperatura o hacer curaciones. El colchón está pertinentemente forrado de hule y debe contar con tres sábanas: la primera con las puntas atadas por debajo, la segunda atravesada por el centro y la tercera para cubrirse. Son las tres túnicas blancas de Cloto, Láquesis y Átropos. La rueca, el hilo, las tijeras.

Por las noches mi padre tiende una colchoneta en el suelo, sobre el mismo lugar donde ha dormido los últimos treinta años, junto a mi madre, solo que ella se encuentra muy lejos.

3

Lo que escribo, lo que pienso mientras escribo y lo que la escritura me hace sentir, conforman una masa oscura, llena de prolongaciones que enraízan en el tejido de la memoria. Lo que ahora intento se parece a abrir una ventana en la piel de la cabeza, serrar el hueso, poner aparte las meninges –duramadre, aracnoides y piamadre–, abrir la corteza, llegar a la capa multiforme y desarraigar ese crecimiento innecesario de células gliales, identificar cada una de sus prolongaciones, desentrañar, separar el tejido sano del tejido enfermo aun cuando algo quede adherido y algo se rompa. Con todo, trato de hacer un trabajo cuidadoso para al final decir: aquí está, ya no pertenece a mí, ya no puede seguir haciendo daño.

El mar de donde vengo es un río

Mi madre nació el 30 de marzo de 1952. Se llamaba María Elena, dibujaba su nombre con letra lenta y cursiva, se demoraba mucho en los picos de la eme y en las curvas de la e, lo demás era un caligrama rápido en espiral que cerraba con la g de García. En el rancho siempre la llamaron Marielena, pero de ahí en fuera, para todos los demás, mi madre se llamaba Mara.

A mi madre le tocó vivir el periplo del campo a la ciudad. Su historia es digna de ser escrita con una aguja en el filo del ojo. Nació en El Aliso, Sinaloa. Abrió canales de riego entre los campos de temporal, cultivó tomate, se arañó las manos en las pizcas de algodón. Como era buena para los estudios, la mandaron a que hiciera la secundaria en El Fuerte, el pueblo de mi abuelo, bajo el cuidado de la tía Carlotita.

Según sé, la tía Carlotita nunca se casó. Vivía sola en una casa de medio tejado, paredes de adobe blanqueadas con cal, una puerta de madera y un balcón a cada lado, en la última calle del pueblo, de espaldas al río. La tía Carlotita era lo que se entendía en ese entonces por una mujer culta: lo mismo podía coser un vestido y esponjar la masa de los tamales, que hablar de filosofía o de política. No era religiosa, aunque supongo que algo tendría de puritana; tenía fe en el progreso por medio del esfuerzo, su oración era el pan, la carne y la manteca. Nunca vi una foto suya, pero me la imagino corpulenta y con el cabello siempre recogido. Mi madre acataba sus enseñanzas como algo sagrado, con amor y miedo: levantarse temprano, hacer lo correcto, decir la verdad, mantener la limpieza, el orden, gastar lo mínimo, trabajar siempre; las cosas se hacen bien, o no se hacen; lo viejo cuida lo nuevo; el que no vive para servir, no sirve para vivir.

La Marielena se despertaba temprano, doblaba las cobijas y levantaba el catre de tijera, todavía en la oscuridad. Salía a la parte de atrás de la casa, donde estaban la cocina, la pila de agua y el lavadero. Una pendiente de matorrales llevaba hacia la orilla del río. Al principio, cuando niña, se bañaba directo en la corriente, pero más tarde, cuando llegó el pudor, prefirió llenar un par de cubetas y subir con ellas la cuesta hasta la casucha de lámina donde se bañaba a jicarazos. Lavaba la ropa del día anterior, se ponía el uniforme de mascota azul con olanes en los hombros, cepillaba sus zapatos negros, tomaba sus libros y se iba caminando a la secundaria. Por las tardes ayudaba a la tía Carlotita a limpiar los frijoles, cocer la carne, llevar comida a los parientes y cuidar de cualquiera que estuviera enfermo o viejo o desvalido, sostener la vida de otros entre las propias manos.

Imagino a mi madre como una niña comedida y alegre que se ganaba el cariño de los tíos y de los primos, que la aceptaron con todo y que viniera del rancho. Mi madre nunca se dejó amilanar por las diferencias de clase. No negaba su origen, pero tampoco se conformó: al tener un atisbo del mundo lo quiso para sí. Aprovechó el viaje de los primos, y se fue con ellos a estudiar la prepa a Guadalajara. La vida en la ciudad debió ser más hostil, pero también más libre. El hambre y la necesidad eran distintas, pero a ambas respondía con ingenio. Si los primos se habían pasado la noche tomando, ella se levantaba temprano, recuperaba las cervezas que hubieran quedado e iba a la tienda a cambiarlas por leche y huevo para el desayuno. En la secundaria había aprendido corte y confección, era meticulosa y hábil, de modo que empezó a coser para costearse los estudios.

En la prepa se enamoró de mi padre, un escultor que empezaba a hacer sus pininos y que también luchaba contra la precariedad. Fueron novios los siguientes siete años, durante los cuales ella logró estudiar la carrera de medicina. En ese entonces el mundo funcionaba por influencias y se discriminaba sin tapujos a quienes no ostentaran un apellido de abolengo o dinero suficiente en el bolsillo. Debió tener mucha determinación y carácter, para abrirse paso a codazos entre la multitud y obtener un lugar en la carrera.

Mi madre creció como una de esas plantas que se aferran entre las rocas y sus flores parecen un milagro. Iba a la facultad por la mañana, daba clases de enfermería en las academias del centro por la tarde, y al salir pasaba por el mercado Corona, compraba tres tacos dorados rellenos de nada y los hacía rendir con varias rondas de lechuga, salsa y queso. Al terminar la carrera, comenzó sus prácticas. Ella y mi padre compraron una casa, su reino, pequeño y doméstico, pero suyo. A los veintiocho años se había hecho una vida. Entonces llegó la preñez.

«When you say *mother* or *father* you describe three different phenomena. There is the giant who made you and loomed over your early years; here is whatever more human-scale version might have been possible to perceive later and maybe even befriend; and there is the internalized version of the parent with whom you struggle —to appease, to escape, to be yourself, to understand and be understood by— and they make up a chaotic and contradictory trinity.»

REBECCA SOLNIT,
The Faraway Nearby

Mi madre antes de mí

Me gusta imaginarla como una jovencita vivaz, de piel blanquísima y cabello castaño, vestida a la moda de los años sesenta, aunque conservadora y discreta: colores cálidos, mocasines, vestido abotonado al frente, el cabello suelto, sostenido a los costados de la cabeza con peinetas de carey, sus manos huelen a jabón Maja, y su nuca a colonia de bebé Mennen. No obstante me cuesta trabajo pensar en esa jovencita como mi madre. Me cuesta comprender en un sentido profundo que provengo de ella, que mi madre antes de mí fue una mujer. ¿Acaso no nacimos juntas, cada una en su papel? Su vida de antes es un espejismo que necesito para sostener el presente, esta realidad donde mi madre es origen y yo me creo el cuento egoísta de mi individualidad.

Nací el 29 de junio de 1980, alrededor de las 6:30 de la mañana. Me gustaba escuchar la historia de sus labios. Contaba que comenzó a sentir los dolores desde temprano en la madrugada, pero no quiso alertar a mi padre para dejarlo dormir. Sabía que la dilatación podía llevar su tiempo, ya tenía arreglada la cesárea en un sanatorio del barrio. No quería dar molestias ni esperar aquellas horas de preámbulo en una camilla, así que decidió aguantar el dolor. A mi madre callarse las cosas le daba la ilusión de dominio, compraba dignidad con su silencio. A las cinco de la mañana, cuando ya no pudo más, despertó a mi padre.

Contaba que, después del parto, cuando me llevaron con ella para que me amamantara, lo primero que hice fue escupir el calostro que ella intentaba darme. Lo decía un poco en broma, pero también como si hubiera sido un acto voluntario, un rechazo afectivo. Me pregunto qué habrá sentido al convertirse en madre para contar la historia de ese modo, para recordar el momento con ese regusto amargo.

A partir de ese momento mi padre se convierte en el protagonista. Fue él quien me sacó del hospital, asombrado de ver que cabía en la distancia de su brazo: la cabeza en el hueco de su mano y los pies en la sangradura del codo. Cuenta que se sentía orgulloso y emocionado. De ella nunca supe lo que sentía. En las fotos se la ve plena y bellísima, al modo de una *madonna* del Renacimiento: los párpados caídos por el cansancio, la tez rosada, apenas la sonrisa. Creo que si hubiera podido preguntarle ¿qué sentiste, ma?, ella me habría respondido con evasivas y lugares comunes. Creo que de haber sentido algo fuera de lo que se supone que una madre debe sentir, de haber sentido miedo, angustia, fastidio, rechazo o desencanto, no se habría atrevido a reconocerlo ni siquiera para sí misma.

«De la felicidad y el orgullo
de recién casada, estoy casi segura.
De sus deseos, no sé nada.»

ANNIE ERNAUX,
Una mujer

La llegada del miedo

Mi madre y yo somos una. No comprendo todavía los límites de mi cuerpo. Su voz canta la melodía del mundo. El calor de su piel es presencia y latido. Siento un hambre voraz y siento miedo de que se aleje demasiado ese nido tibio que huye y se mueve entre los ecos de la casa, que trata de salvarse, que quiere seguir siendo no solo nido y alimento sino persona, *además* de madre. Duermo en un moisés de barrotes blancos cubierto de tul, en su recámara, del lado de mi padre. Por las noches él se amarra un hilo al dedo gordo del pie, ata la otra punta a uno de los barrotes y cuando me despierto balancea el pie para arrullarme.

Deben ser terribles el insomnio y mis berridos porque nunca hablan de eso. *Si cierras los ojos nadie te ve,* decía mi madre cuando me hacía casita para que orinara en la calle, entre los coches estacionados, y yo me moría de la vergüenza. Cierra los ojos y nadie te ve. Si cierras los ojos y borras de la memoria lo que duele y lo que espanta, no lo mencionas, no lo dices a nadie, ni siquiera a ti misma ni le pones palabras, cuando menos te des cuenta habrá desaparecido.

Puedo imaginar el miedo que mantiene insomne a mi padre por obedecer el mandato y cumplir con lo que de él se espera, que provea, que mantenga, que salga a cazar un mamut grande y lo lleve cargando sobre sus hombros para alimentar a la madre y al crío, a su propia madre, a sus hermanos heridos por el hambre y la carencia.

Puedo suponer el miedo de ella, perderlo a él, que esta transformación lo asuste, lo aburra o lo aleje. Por ahora el juguete nuevo lo complace y eso está bien, formar una familia era la consecuencia natural de la vida, pero el hombre que ve satisfecho su deseo busca una nueva cosa que desear. Ella lo sabe, lo ha visto hasta el cansancio.

Y luego está ese otro miedo, más hondo y rotundo. Cierra los ojos y no lo digas. No digas: es una mujer. Si no lo dices, él quizá lo omita y lo perdone.

Azul

Graban mi llanto en una monstruosa grabadora para cassettes. Es idea de mi padre. En la grabación se escuchan las tres nalgadas que me da antes del alarido. También es idea suya mi nombre. Tienen una lista entre los que están Hada, Ángel, Abril, Azul. Se deciden por Azul, pero al llegar a la oficina del registro civil, frente a la máquina de escribir de la funcionaria de pronto mi padre dice: no, espere, mejor Azul no. Pero para mi madre sigo siendo Azul. En secreto me sigue llamando con ese nombre. Le sale más natural. Azul era la hija suya que no fue, que no se logró. Se convirtió en otra.

Árbol

Por esos primeros días a mi padre se le ocurre sembrar un árbol para acompañar mi crecimiento. Es idealista y escucha canciones de protesta. Mi madre quiere un limonero, algo que dé fruto y ocupe poco espacio. Mi padre lleva un tabachín. Abre un hoyo en la tierra de la jardinera frente a la casa, planta el esqueje, extiende su silla perezosa y se sienta con su hija en brazos esperando verles crecer. Eso lo sé por una fotografía. De ese tiempo solo pueden dar cuenta las fotos y sus relatos, filtrados por el deseo y por su modo de ver las cosas, clavados en el tiempo, con ciertas palabras y un ánimo y humor determinados. Contar lo que sí, callar lo que no. Cerrar los ojos.

She gave me everything before she gave me nothing[1]

Mi madre fue una mujer fuerte. Nunca quiso hablar de lo difíciles que debieron ser los días en que terminaba la carrera, realizaba sus prácticas, cuidaba a su hija y a su casa. Contaba con orgullo que en lugar de dar pie a las supercherías de las comadronas del rancho, ella se había apegado de manera puntual a los manuales de buena crianza de la época que decían que los bebés debían dormir aparte, amamantar los primeros seis meses y por las noches dejar al crío con el pañal mojado y el hambre para que aprendiera a dormir. Mi madre fue una mujer fuerte, llevó el moisés a la habitación de al lado, emparejó la puerta y dejó que la niña llorara a sus anchas.

Mi madre fue una mujer ejemplar. Preparó papillas y esterilizó los biberones, lavó los pañales de tela que ella misma bastilló en su máquina de coser. Me lavaba la cabeza con agua de manzanilla para que se me aclarara el pelo. Me arrebataba los objetos peligrosos que me llevaba a la boca, evitó que mis huesos se rompieran, que me consumiera la fiebre. Mantuvo a raya las necesidades de mi cuerpo. Cumplió de manera puntual con sus deberes de madre. Del afecto nunca dijo nada.

---

[1] Rebecca Solnit, *The Faraway Nearby.*

Mi madre fue una mujer lista, que supo responder a las exigencias del mundo y de su tiempo. Era médica y era madre. Cuidar y curar con la bendición de sus manos fue la labor de sus días. Su esfuerzo y su cansancio debieron estar más allá de todo límite. Cuenta mi padre que mientras mi madre estaba en una de sus guardias llegó una profesora y le dijo: no seas tonta, tienes una hija, tienes un marido, no descuides tu casa por tu carrera. Él le reclamó porque no le gustaba dormir solo y pensar que su mujer andaba por allá, quién sabe dónde, haciendo guardias nocturnas, mientras que él se quedaba en casa, a cargo de la niña. Entonces mi madre decidió renunciar.

Durante mucho tiempo me sentí culpable. Cuántas vidas no se salvaron. Cuántos se quedaron sin la bendición de sus manos. Escuchaba el relato y crecía en silencio la pesadumbre de saber que mi madre fue una mujer que renunció a sí misma *por amor*, el reproche por haber sido yo la causa. El costo de su sacrificio explicaba su frialdad, su disgusto, su distancia.

«Para escapar de ese vaivén que se remonta
a la infancia más remota, intento describir
y explicar como si se tratara de otra madre
y de una hija que no fuera yo.»

ANNIE ERNAUX,
Una mujer

4

Escribo esto y me siento impostora. Qué derecho tengo de hablar de nuestras ausencias cuando la única emoción legítima de una hija hacia su madre es el agradecimiento. Me dio la vida y me cuidó, qué más puedo pedir. Leo historias de madres que maltratan, que lastiman, que marcan la infelicidad en el rostro de sus hijas e hijos y pienso que lo único que tengo yo para decir es «gracias». No hay historia para contar. Sin embargo, al pararme frente a ella sigo sintiendo un vacío enorme. Estas notas son un intento de tejer y dar sentido a los silencios que nos unen. Yo no quiero cerrar los ojos. No puedo cerrar los ojos. Si cierro los ojos, caigo.

Infancia

Conservo algunas imágenes que registran mi primera memoria: la vieja alfombra roja de su cuarto, la cama king size cubierta con un fresco cuero de vaca donde me revuelco y juego. Camino con ayuda de una andadera de tela color olivo de ruedas escandalosas y sonajas al frente, voy y vengo descalza sobre el piso de mosaicos de cemento que repiten un trazo psicodélico de nebulosas color naranja y gris y azul. El baño es amarillo canario, con un tragaluz que se oscurece cuando ondean las sábanas tendidas en la azotea. Las paredes están pintadas de rosa empalagoso con zoclo negro a ras de suelo. Los rayos del sol se filtran entre las cortinas verde bosque de la sala. Paso en la andadera por debajo de unas puertecitas de cantina y veo a mi madre inclinada sobre el fregadero, sus caderas anchas, con aquella falda otoñal de cuadros sesgados. Me mira de reojo y sigue cocinando. Vuelvo al comedor. La caverna umbría debajo de la mesa, ese círculo perfecto de metro y medio de diámetro con cuatro gruesas patas torneadas, es el nuevo vientre que me refugia.

Lo primero es leer sus signos. Cuándo no, cuándo sí, descifrar sus gestos. Luego el sonido de las palabras, las asociaciones, el lenguaje construye bajo tierra el rizoma donde el pensamiento existe, se expande y crea. Se iluminan de a poco los nombres de uso cotidiano, llegan como visitantes exóticas las palabras del afuera, y las palabras que son solo suyas: muina, bichi, pelbe, wari, yori, la música de su acento sinaloense que intenta disimular. Reproduzco de forma fallida los fonemas con mi propia boca y la nombro. Una y otra vez. Siempre que necesito de ella, la nombro. La nombro de manera constante. Las palabras y el suelo fresco en mis rodillas son los territorios que me llaman cada vez más lejos. Escucho, descifro, entiendo. El milagro ocurre de forma paulatina. Se tejen las palabras entre sí. Cuando el lenguaje llega, el mundo exterior se crea por primera vez. El mundo interior germina.

Hay tres álbumes de espiral con páginas de cartón, líneas de engomado y mica transparente, donde se encuentran adheridas las fotos que mi padre toma con una Kodak Ektralite, de bolsillo, con rollos de 24 o de 36 que lleva a revelar a Laboratorios Julio, en Plaza Patria. Por esas fotos sé que hay cinco pollitos, un perro llamado Greñas llega de vez en cuando a la puerta de la casa y yo lo considero mío. Lo que más me gusta es el agua y me la vivo en calzones, en una tina rosa o en la pila del lavadero. Al menor descuido me escapo, corro a la casa de enfrente y meto la cabeza en la fuente que los vecinos pusieron en su jardín. Mis juguetes son un perro de peluche áspero con relleno de unicel, una muñeca llamada Paty, un teléfono con ruedas y cara de payaso, una casita de triplay que construyó mi padre, con techo de dos aguas cubierto con papel de lija y celofán en las ventanas, las camas de los muñecos son cajas de cerillos vacías. Como pastel con cubierta de chocolate y relleno de mermelada que preparó mi madre, bebo leche directo del botellón.

Mi padre trabaja en su taller de escultura y mi madre se queda conmigo en la casa. Yo paso la mayor parte del tiempo sola. Cerca de ella, pero sola. Mi madre está presente, pero siempre en la distancia, a unos pasos, haciendo las cosas que hacen las madres, va y viene de la cocina al lavadero, de la recámara a la máquina de coser. No habla mi idioma, y yo todavía no termino de aprender el suyo. Me regaña por balbucear. Me regaña por alzar la voz. Tienes voz de pitarrilla, dice molesta al tiempo que me pellizca la punta de la nariz y la tuerce un poquito como si fuera el botón de volumen del radio.

La distancia entre nuestros cuerpos crece, plástica y variable, invisible a simple vista. Me parece normal, no tengo manera de saber de la dureza de sus manos porque no conozco otras manos de mujer, pero puedo sentir que algo falta. No hay punto de comparación entre la rigidez del cuerpo de mi madre y el modo en que mi padre se desvive por abrazarme, por jugar, por hacerme reír y llevarme con él a todos lados. Hay un hambre que no alcanza a saciarse. Mi madre está cerca, pero no está conmigo, no soy su compañera, soy muy poca persona para eso. A veces concede y se sienta en el suelo, las piernas de lado como sirena. Mira mis juguetes y el desastre, pone gesto de sal en la boca y se levanta. Puedo percibir en su mirada un desconcierto, como si esperara a alguien más y hubiera llegado yo. Puedo sentir la dureza de su voz cuando me habla, sus palabras son una rienda muy corta.

Crece el tabachín y la casa crece también dentro de sus muros. Suceden los primeros cambios: llevan a mi cuarto la máquina de coser, derriban el muro de la habitación del fondo y ponen láminas de asbesto sobre el patio para convertirlo en taller. Mi padre instala ahí su mesa de trabajo, sus herramientas y sus esculturas, las gualdras de madera y las gubias afiladas que no debo tocar. Construyen una terraza con tejabán en la azotea, al frente de la casa, se llega a ella por una escalera de caracol. El mundo comienza a expandirse, vienen los hermanos, gente, tíos y aprendices a ayudar a mi padre y empujar su aumento. La radio no deja de sonar. Hay risas, silbidos, movimiento. Mi padre es el maestro y mi madre la capitana. Mi trabajo es observarlos desde lejos y aprender.

Afasia

Se apaga el resplandor de las palabras, se apaga el mundo,
quedan acaso imágenes del pasado:

    la temperatura en el aire
    el tacto de la sábana
    el sabor de la manzana cocida con canela
    la sensación incómoda de humedad en el culo
    el ardor en la carne donde se clavan los huesos
    la gravedad del cuerpo
    el retumbar de los ruidos
    las voces de los vecinos
    las campanadas de la iglesia
    el viento entre las hojas del árbol de lima
    la lengua es un bocado de lodo
    el sueño llega y se va como la sombra
                  [de las nubes en mayo
    oscila el pie derecho
    dice: todavía
    dice: dolor
    es compás de metrónomo insomne
    que marca las notas finales

Estoy ante la cama de mi madre ausente. Su cuerpo está, su respiración está y está su calor, pero su voz y su conciencia se han ido, también su mirada y el movimiento de sus manos. Quisiera tener la fuerza para hablar a sus oídos sordos y sentir ese alivio. Qué le diría. Le preguntaría por qué lo permitió. Aprieto la rabia en los puños. Ella no quería ser esto. Supeditar su cuerpo al cuidado de otros le resultaba ignominioso, humillante, era su más grande temor. Lo dijo tantas veces y de forma tan enfática: prefiero morirme a ser eso. Algo de ella todavía quedaba cuando el médico dijo: nula calidad de vida, nula esperanza de recuperación. Intento entender por qué aceptó la cirugía. Si fue apego a la vida, si fue una promesa. Soy incapaz de comprender sus motivos y me lleno de pena y de rabia, como si el hecho de ser su hija, su deriva, su consecuencia, me diera algún derecho sobre ella, a enojarme con ella solo porque es mi madre.

5

Escribo desde el interior de la ballena. Me negué a las palabras por miedo, igual que Jonás, y ahora intento balbucear mi súplica desde dentro no a un dios, sino al vacío; romper con un canto el dolor que me atraviesa, el silencio acuático de un cuerpo dentro de otro cuerpo, dentro del mar. Para hablar de esto tendría que comenzar por decir que es imposible hablar de esto.

Capítulo II

Una niña de acero entre sus manos[2]

[2] Nellie Campobello, *Las manos de mamá*.

Singer Facilita

Veo a mi madre desde el suelo mientras trabaja en la máquina de coser. Juego con los recortes de tela que me da, con los carretes de hilo de todos colores que guarda en una caja de lata que tiene un gatito blanco rodeado de flores impreso en la tapa. Tomo un alfiler y lo entierro en la capa externa de la piel de mi palma sin hacer daño, sobre la línea de la vida. A veces ella sale de su recogimiento y deja que me siente sobre sus piernas, pone sus manos sobre las mías, y juntas dirigimos la línea de la costura. En ese momento puedo sentir su abrazo, la proximidad de su cuerpo. Ahí, en ese nido de luz, se obra el milagro: juntas creamos algo. Deja que siga yo sola por un momento y me descubro capaz de hacer. De mis manos sale la costura, la unión, la forma. Aunque casi siempre pasa que mi torpeza desajusta los tensores, el hilo se enmaraña debajo de la tela, a mi madre se le hace nudos el mal humor y tiene que ponerme a un lado para deshacer el enredo.

«Se trata de mi madre en mí. Del amor
a mi madre. De una reparación que
requiere un raspaje y un broche.»

MARÍA MALUSARDI,
Una madre es un piano triste

No tengo nada que hacer aquí, venir fue una pérdida de tiempo. Es verdad que el lugar de una hija tendría que ser junto a la cama de la madre que agoniza, aunque la muerte no tenga para cuándo. No se entiende que pueda ser distinto, la hija dejará su ridículo intento de alejarse, la carrera de sus pies se detendrá y volverá donde su madre a acompañarla, a respirar con ella y sentir la quietud del aire con ella, sentirá el dolor de sus huesos y cuidará de su cuerpo hasta el final de sus días, amén. Pero soy una hija desobediente, siempre lo he sido. La presencia duele demasiado, resulta casi insoportable. No tengo nada que hacer aquí además de esperar, y no puedo irme porque la muerte puede suceder en cualquier momento. Puede llegar como ladrón, por la noche, entrar por la ventana, y si no estoy aquí cuando eso suceda la culpa será peor, que ya de por sí es grande. ¿Dónde estaba la hija mientras tanto?, preguntarán. Durmiendo a la sombra de una calabaza vinatera, buscando mercaderías en un país extranjero. ¿Quién es capaz de abandonar a su madre en un momento así? Una hija pródiga que malgasta su talento y regresa cuando es demasiado tarde no merece misericordia de nadie, espinos y abrojos crecerán bajo sus pies, mejor le sería que le ataran una piedra de molino y la lanzaran al mar.

Ahora nadie, además de la familia, sabe que mi madre camina hacia la muerte. Saben que ha estado indispuesta. Las mujeres de la congregación seguramente se han dado cuenta de que su cabello brilla demasiado para ser natural y las gafas entintadas ocultan algo, pero no inquieren más allá de sus evasivas y su silencio. Como sea, las personas de su mundo no saben que estamos esperando a que llegue el final. Me pregunto si estar aquí ayuda en algo a redimir mi papel de hija, si tiene algún objeto. Me descubro haciendo cálculos de tiempo, contrastando mi calendario laboral contra la agenda de su muerte, los días que puedo estar con ella para no repercutir tanto en la vida de allá. Como tener el pie puesto en una puerta para que no se cierre y así asegurar la ruta de escape. Cuánto tiempo más puedo esperar a que termine de extinguirse esa chispa inútil que no puede ser llamada vida. Su respiración se sobresalta y suelta un ronquido extraño a modo de respuesta. Su pie se había quedado quieto y ahora vuelve a mecerse de un lado a otro fuera de la sábana, péndulo de su propio tiempo, ajeno al paso de las horas y de los días.

Tercio

Voy aprendiendo a caminar. Mi cuerpo se levanta poco a poco y busca la verticalidad de la luz como el brote de una planta. Ahora mi lugar está en medio de ellos dos. A veces somos un triángulo perfecto. Otras veces soy el obstáculo de su idilio, el mal tercio. Cuando veo que se abrazan voy y me meto entre sus piernas. En el comedor me siento entre ellos dos, en una silla de adulto sobre el bloque de madera que puso mi padre y que llaman «el cuadrito». Los jueves, solamente los jueves mi madre me deja dormir con ellos y entonces se abre el paraíso de la recámara grande, la alfombra roja, la cama king size, enrollamos juntos el cuero de vaca, acomodamos las almohadas y me meto a dormir amparada por los dos seres que me dieron la vida, aunque mi madre se molesta porque me revuelvo en la noche y los destapo.

En las fotos aparezco en medio. Viajo en medio de ellos cuando vamos en la camioneta. En el viejo Volvo color azul petróleo me meto entre los asientos. Soy deseosa, quiero estar en todo, observo los movimientos de mi padre al conducir, la calle, los edificios. Cuando vamos por avenida Federalismo reconozco el templo de El Refugio, la iglesia chiquita que quedó atravesada a mitad del camellón, enfrente está el parque con los juegos mecánicos, veo las luces de colores y hago berrinche para que me lleven. Las siguientes ocasiones que pasamos por ahí mi padre dice: Mara, tápale los ojos a la niña. La estrategia les funciona y ríen, y yo me río con ellos aunque no entienda por qué. La vida es un juego.

En casa no celebramos los cumpleaños porque a Jehová no le gusta, pero la Biblia no dice nada de los aniversarios, así que damos forma a esa pequeña tradición familiar de celebrar entre los tres su aniversario de bodas. Ese día nos arreglamos con ropa bonita, mi mamá prepara una cena especial, con las copas de cristal rojo y la vajilla blanca de la tía Carlotita, y nos hacemos regalos envueltos en papel brillante, con moño de celofán. Dibujo tarjetas, escribo cartas y hago manualidades para la ocasión. Me parece lo más natural del mundo ser yo quien celebra su unión, después de todo, soy el tres, la consecuencia.

Mi mayor felicidad es cuando vamos juntos a la matiné sabatina en el cine Reforma, con sus falsas torretas de castillo, pintado de colores pastel, decorado con mamparas de cartón de los siete enanitos, Dumbo, el señor Conejo y Tribilín. Me siento en la butaca de en medio y como palomitas a puños, le temo a la bruja malvada, pero ellos están ahí para protegerme. Quiero estar con ellos, ser uno con ellos. Aunque ellos ya son unidad. Sé que hay un mundo que les pertenece solo a ellos al que no puedo acceder, conversaciones que no entiendo, palabras que no me corresponden. Los sábados me llevan con la abuela Carmen para quedarse por fin solos en ese mundo que no me incluye. Ven películas para grandes y salen con amigos, mientras que yo acompaño a la tía Tencha a ver telenovelas y programas de espectáculos, sentada en una lata de chiles, comiendo plátanos asados con azúcar. El nido se extiende.

El amor de la abuela Carmen es infinito. Sus manos de dedos larguísimos extienden por primera vez ante mi asombro un bloque de papel crujiente, impreso con signos y dibujos de los que brotan palabras, historias, afirmaciones, poemas. Los libros. Ese otro pan.

Ella sigue dirigiendo mi escritura

Mi madre me enseña a escribir: su mano de mujer adulta envuelve mi mano de niña y ambas manos se cierran como pétalos superpuestos sobre la madera que a su vez rodea el grafito. La punta dibuja un trazo redondo, un círculo que se enlaza con otro círculo para formar una espiral, un gusanito. En lo alto de la hoja está el ejemplo que ella trazó con perfecta simetría y ritmo: cinco giros desfasados y el último ligeramente más grande, en cuyo centro dibujó los ojos, la sonrisa y las antenas. Mi mano se resiste a la forma que su mano impone: el índice y el pulgar deben sostener la punta que se apoya sobre el dedo medio. Pero esa postura no me convence, no me acomoda, necesito sujetar la punta con tres yemas, el índice, el pulgar y el medio, no bastan dos para asegurar algo tan inquietante como la punta del lápiz, para controlar el dibujo de líneas que sé que habrán de convertirse en palabras. Esto no es un juego, está muy lejos de ser un juego, el lápiz pesa como un cincel, debo sostenerlo con tres dedos y apoyarlo sobre la uña del anular. El meñique puede hacerse a un lado y ayudar al equilibrio de la mano que duele, tensa, acalambrada por el esfuerzo y los movimientos que intenta aprender. Mi madre nota que mis dedos desobedecieron su instrucción y vuelve a acomodarlos. Me remuevo incómoda en su regazo. Yo puedo, le digo, y me llevo el lápiz y el cuaderno a otro lado. Ay, palomita, palomita, dice mi madre meneando la cabeza en señal de que no hay remedio para mi necedad, para mi impaciencia. Ay, palomita, palomita...

El cuento de la palomita

Estaba la golondrina construyendo su nido en la cornisa de una ventana cuando llegó una paloma y le dijo: qué bonito nido, ¿me enseñas a hacer uno igual? Y la golondrina, con toda paciencia, le enseñó: lo primero que debes hacer es salir y conseguir las mejores varas de paja, pero fíjate bien que sean... Ya sé, ya sé, ya sé —interrumpió la paloma—, paja, ahorita consigo paja. Se fue volando y trajo varas de todo tipo, gruesas, cortas, largas para construir su nido. La golondrina le dijo: ahora debes pegar la paja con barro, pero no se trata de cualquier barro... Ya sé, ya sé, ya sé... barro —volvió a interrumpir la paloma—, ahorita consigo barro. Y se fue volando y trajo arena húmeda que encontró junto al río, y que al secar se desmoronaba. Así, a todas las instrucciones que la golondrina daba, la paloma respondía resolviendo las cosas a su modo. Al final, el nido de la golondrina era firme y seguro, mientras que el de la paloma estaba mal hecho, y cuando llegó el tiempo de empollar, los huevos de la golondrina se mantuvieron a salvo, mientras que los de la paloma cayeron del nido desbaratado. Esa es la historia de la palomita que mi mamá me cuenta siempre que trata de enseñarme a hacer algo y yo me impaciento y acabo haciendo las cosas a mi modo. Como sucede tan seguido, ya no es necesario que me cuente el relato, solo dice ay, palomita, palomita...

Oscuridad

Aprendo a reconocer la oscuridad, el odio, la envidia y el miedo. Encarnan en la imagen de una mujer altiva que se para frente a un espejo mágico y le pregunta: espejito, espejito, ¿quién es la más hermosa? Al enterarse de que no es ella, monta en cólera y se convierte en vieja, se encorva, las uñas le crecen, le crece la nariz, se le marchita la boca, prepara un conjuro y sumerge en él una manzana roja. La vieja bruja se cubre con una túnica negra, finge ser una anciana adorable y se dispone a matar a la hermosa, pura e inocente Blanca Nieves.

No existen todavía las grabaciones de películas de distribución comercial, no hay ni siquiera reproductores beta. Veo las películas en el cine una sola vez, pero sus imágenes se quedan en mi memoria para siempre. Lo que sí tengo es un cassette de audio que escucho en el tocadiscos. Ya no me importa que mi madre esté en lo suyo, haciendo las cosas que hacen las madres, ahora tengo una voz que seguir y una historia que conozco, un lugar seguro. Aprendo a presionar los botones de la grabadora para escuchar el mismo cuento una y otra y otra vez. Memorizo al pie de la letra cada una de las palabras: érase una vez en un reino muy lejano...

Medicina

Mi madre me lleva al consultorio donde trabaja, en la colonia Constitución, donde las calles están empedradas y las casas son más pobres que las de nuestro barrio. El consultorio le pertenece a un maestro y amigo suyo, el doctor Guerrero. Las ganancias no son muchas porque las personas que viven en esta colonia vienen del campo, como mi nana, y a veces no tienen con qué pagar. Mi madre las atiende de todas formas. La gente se sienta afuera, en la ristra de sillas de la sala de espera, y van pasando conforme mi madre las llama. El consultorio tiene un escritorio grande y gris con dos sillas para los que llegan, y una silla giratoria para ella, que por lo general ocupo yo y me entretengo dándole vueltas. Hay un diván negro donde mi madre ausculta a los pacientes, una báscula y un reloj de pared con un péndulo que va y viene sin detenerse. El olor que impregna el aire es una mezcla de solución desinfectante y medicinas. Tras una mampara hay un anaquel lleno de cajas y frasquitos de medicamentos. Mientras mi madre examina al paciente yo tomo algunos de los medicamentos al azar, los meto en una bolsa de papel estraza y se la entrego al paciente. Eso les hace mucha gracia, también que les escuche el corazón.

En la casa juego a examinar a mis muñecas y animales de peluche. Les inyecto agua, shampoo o gel para el cabello de acuerdo con su malestar, les pongo vendajes de calcetín. Tengo un libro de anatomía humana para armar: mi padre me ayudó a recortar y pegar cada órgano en su sitio. Me fascina entender el cuerpo y sus funciones. Las capas con los órganos impresos y superpuestos se abren como páginas de un libro dentro del libro. La piel da paso al músculo, el músculo se abre y muestra las costillas, que a su vez cubren el hígado, el corazón y los pulmones. El estómago en medio de todo, del lado izquierdo el páncreas, abajo los intestinos delgado y grueso, la vejiga, el recto, los órganos reproductivos. Mi madre me pregunta si de grande quiero ser doctora yo también y le digo que sí, por supuesto que quiero. Voy a estudiar medicina. Usaré una bata blanca, tendré un título de pergamino como el que mi padre presume, tendré un estuche negro de vinilo lleno de instrumentos cromados y seré como ella.

Salgo derrotada de la recámara de mi madre. La inercia me lleva hacia la sala, donde está mi papá, sentado en el sillón individual, con la pierna cruzada y el teléfono inalámbrico sobre el regazo. Terminó sus llamadas y ahora me aguarda solemne, pensativo. Suelta el aire muy despacio para desinflar la angustia que le oprime el pecho y dice: hay algunos aspectos propios de la intimidad femenina de los que te pido que por favor te hagas cargo. Sus palabras me irritan. Cualquier cosa que me diga lleva implícito el reproche de mi ausencia. Soy como el muñequito aquel del libro de anatomía, la capa de la piel abierta, completamente expuesto el músculo y los órganos internos. La rabia que siento es una descarga de cincuenta voltios que me recorre y me estremece. Ni siquiera alcanzo a entender por qué. Las palabras no alcanzan a formarse porque me avasallan el miedo y la culpa. Me quedo callada. Muevo la cabeza para decirle que sí. Me entrega las llaves del coche. Me pregunta si necesito dinero. Muevo la cabeza para decirle que no.

Grieta

Una fractura que crea un patrón caótico en la composición molecular de un sólido.

Somos testigos de Jehová

Los domingos por la mañana vamos a la reunión. Mi madre se pone sus vestidos de flores, medias color carne, zapatos de vestir. Mi padre se cambia los pantalones mugrosos del trabajo por unos de casimir, camisa de manga corta y corbata. A mí también me ponen un vestido. Subimos al Volvo, cruzamos la colonia Jardines Alcalde y llegamos al salón. Mi padre baja las sillas de las ristras y yo ayudo a alinearlas en filas mientras van llegando otras familias, se saludan de mano, sonríen y platican, toman su lugar y se quedan en silencio para comenzar con la reunión. Un hermano de saco y corbata da el discurso principal. Siempre es un hombre, porque las mujeres no podemos dar discursos, a Jehová no le gusta que las mujeres hablen. Sí podemos platicar y predicar, pero no podemos enseñar las verdades de Dios a modo de discurso.

Luego viene el estudio de la *Atalaya*. El hermano Santos sube a la plataforma, lee un párrafo y se sienta mientras el hermano Ulises, que es el anciano, hace las preguntas que debemos responder los demás. A ratos, el hermano Santos se queda dormido y el hermano Ulises tiene que despertarlo. Al final de la ceremonia me dan permiso de subir a la plataforma y usar el micrófono. Achican el pedestal. Estoy muy nerviosa, llevo semanas preparándome para este día. Miro a mi madre, su aplomo me afirma y se me olvida el miedo. Recito de memoria y sin pensar los nombres de los libros del antiguo testamento: Génesis, Éxodo, Levítico, Números, Deuteronomio. Cuando estaba practicando en casa con mi madre nos reímos mucho porque mi nana no puede decir Deuteronomio, dice Deuteronomio y se le traba la lengua. Al llegar al final los hermanos me aplauden y yo bajo de la plataforma para recibir como recompensa la sonrisa de mi madre.

La reunión termina y nos levantamos para cantar. Suena una música muy bonita y seguimos la letra que viene escrita en el libro de cánticos. Yo muevo los labios porque todavía no sé leer. Luego inclinamos la cabeza para la oración que dirige el hermano anciano en el micrófono. Cuando dice: en el nombre de Cristo Jesús... todos decimos al mismo tiempo: amén. Se rompe el silencio, nos saludamos dándonos la mano y empezamos a apilar las sillas. Las hermanas llevan falda por debajo de la rodilla, de tela estampada o lisa, de corte recto o de vuelo amplio o de olanes, de tejido sintético, de colores brillantes; las niñas grandes deben llevar short de licra bajo el vestido. La mayoría usa zapatos tipo mocasín, porque son formales, pero se puede caminar largas distancias con ellos. Las hermanas más guapas a veces usan zapatos de tacón, pero no debe ser demasiado alto y se los cambian antes de salir. Los hermanos llevan portafolio colgado del hombro. La bolsa que lleva mi madre debe ser grande para que quepan las revistas *Atalaya* y *Despertad* (¿Tiene Dios la culpa de nuestro sufrimiento?, ¿Quién salvará el planeta? Pronto viviremos en un mundo mejor), además de los folletos, los libros de estudio, el libro de cánticos y la Biblia de hojas de papel cebolla y bordes dorados.

Después de la reunión vamos al servicio de campo. La palabra *campo* siempre me emociona porque me hace pensar en árboles y prados, pero se refieren a la calle, donde no hay más que el rayo duro del sol sobre las banquetas. Nos asignan las manzanas del territorio que tenemos que recorrer y se hacen las parejas: hermanas con hermanas, hermanos con hermanos. Vamos tocando de casa en casa para hablar con las personas y convencerlas de que el nuestro es el único dios verdadero. Cuando una persona abre la puerta y nos escucha o se queda con alguna de las revistas, lo llamamos «interesado». Hay que tomar nota de dónde vive para regresar la semana siguiente y ver si quiere que los hermanos le den estudio, le llevarán el libro rojo, donde se explica lo que debe hacer y creer para pasar al Nuevo Orden y no morir en el Armagedón, que está muy cerca, va a llegar muy pronto, porque todo lo que pasa en el mundo: el hambre, las enfermedades, la pobreza, las catástrofes y la muerte son señales de que estamos en el final de los tiempos. Si el interesado no se aburre con el estudio y quiere seguir, lo invitan a la reunión en el salón del reino.

Los interesados deben aprender que la sangre es sagrada y no se deben recibir transfusiones incluso si uno está a punto de morir, incluso si tu hijo va a morirse no puedes permitir que le pongan transfusiones de sangre, como hizo Abraham cuando iba a sacrificar a su hijo Isaac, y en el último minuto Jehová lo cambió por un cordero. Aprenderán que no deben celebrarse los cumpleaños porque la Biblia dice que vale más el día que uno muere que el día que uno nace; que la navidad es una celebración pagana, Jesús en realidad no nació en diciembre y los tres reyes magos no eran tres ni eran magos; que no se debe decir «salud» cuando alguien estornuda; que no se debe brindar ni fumar ni ver películas inmorales o violentas o de magia; que debemos llamar «hermanos» a los demás testigos de Jehová, y «mundanos» al resto de las personas que viven en el mundo; que debemos decir: gracias a Jehová, por todo lo que suceda, por ejemplo: gracias a Jehová hoy comimos helado de yogur, el autobús llegó gracias a Jehová o gracias a Jehová alcanzamos a llegar antes de que comenzara la lluvia.

Cuenta mi papá que unos meses antes de que yo naciera, una mujer de falda por debajo de la rodilla tocó a la puerta de la casa de mi abuela, donde él vivía. Él abrió, escuchó y se mostró interesado. La mujer tomó nota de su nombre y su dirección, volvió con un hermano anciano a quien mi papá escuchó y juntos, él y mi madre, comenzaron a estudiar el libro rojo. Empezaron a asistir a las reuniones y luego llevaron a mi abuela Carmen y a mis tíos, a mi nana, a mi tía Marthita y a mis primos. Era el momento de comenzar una nueva vida, más ordenada y limpia.

Temor de dios

Estas son algunas cosas que no le gustan a Jehová:

que nos levantemos tarde
la televisión por las mañanas
las telenovelas
las malas palabras
las piñatas y los cumpleaños
los dulces que salen de una piñata
los pitufos
la magia
el chicle y las bombas de chicle
los cómics
el rock
los asesinos
los que roban
los programas que pasan después
          [de las ocho en la tele, excepto las noticias
que las niñas se pinten los labios
las transfusiones de sangre y la moronga
la navidad
los arbolitos de navidad
los nacimientos al pie del arbolito de navidad

los regalos de navidad
y el pavo cuando es navidad
las minifaldas
el halloween
los disfraces de bruja o de fantasma
los dulces que dan en halloween
las mujeres promiscuas
las cantinas
las discotecas
el saludo a la bandera y el himno nacional
las armas,
el Día de Muertos y los altares, el pan de muerto,
                    [las calaveritas de azúcar
los bikinis
los cigarros
los juegos de manos que son de villanos
la *teoría* de la evolución
los científicos
las mentiras
porque Satanás es el padre de la mentira
y anda rondando como un león
tratando de devorar a alguien

Jonás y la ballena

Mi madre me lee por las noches el libro de pastas amarillas con letras rojas que dice *Mi libro de historias bíblicas*. En el dibujo aparece Jonás, se hunde en el mar, con la cara triste y las manos extendidas hacia arriba, mirando hacia la superficie. Tiene la barba larga y se le sube el vestido, aunque no se le alcanzan a ver los calzones. Le pregunto a mi mamá por qué todos los señores que salen en la Biblia llevan vestido, y ella responde que así se vestían los judíos en aquellos tiempos. Jonás tiene la cabeza llena de algas marinas. En la esquina de arriba se ve la tormenta, rayos y nubes color violeta. Los marineros que iban en el barco donde viajaba Jonás lo arrojaron al agua. Lo agarraron de los pies y de las manos, lo balancearon tres veces y lo aventaron para que se calmara la tormenta. La historia cuenta que Jonás era profeta y Jehová le había pedido ir a predicar a Nínive, pero a Jonás le dio flojera y le dio miedo porque los ninivitas eran malos, así que tomó un barco y se fue lo más lejos que pudo, a donde Jehová no pudiera encontrarlo, pero Jehová puede ver en todos los lugares del mundo y se dio cuenta de que Jonás lo había desobedecido, así que le mandó una tormenta. Cuando Jonás estaba perdido en lo profundo del mar, Jehová mandó a una ballena para que se lo tragara. En la parte de abajo del dibujo se ve la ballena con la boca abierta, saliendo del fondo oscuro del mar, lista para devorarlo. Jonás pasó tres días y tres noches en la panza de la ballena, y mientras estaba ahí se dio cuenta de que había hecho mal en desobedecer el mandato y en irse lejos, así que hizo oración para pedir perdón. Jehová lo perdonó, y entonces la ballena se acercó a la playa y vomitó a Jonás, que salió arrastrándose, embarrado de vómito de ballena. Ahí mismo se bañó y fue directo a predicar a Nínive.

Hecha de rabia la soledad

Mi padre se encuentra un gato amarillo en la cancha donde juega frontón y lo lleva a la casa. Se le ocurre a mi padre meter al gato en la bolsa de malla de plástico que usa mi mamá para el mandado y bañarlo en DDT para quitarle las pulgas, y el pobre casi se muere, pero sobrevive. No le damos un nombre, pero lo llamamos Amarillo y se convierte en mi compañero de juegos. Nos echamos juntos en la alfombra de la sala, dormimos en el recuadro de sol que entra por el patio de servicio. Como es parrandero y sale por las noches, un día el gato Amarillo desaparece y vuelvo a quedarme sola.

La comida que prepara mi madre es el contacto más real y placentero que tengo con el mundo; el caldo de pollo con verduras, la sopa de fideos, las calabacitas con crema, los frijoles de la olla, los bisteces de diezmillo, el caldo michi, la receta de caldo de albóndigas de mi nana. También tengo el papel donde juego a dibujar letras, a la E le pongo cuatro o cinco palos atravesados como escalera. El sillón de la sala es un tablón grande cubierto con seis pares de cojines cuadrados de esponja tapizados en tela de rayas rojas, negras, amarillas; con ellos construyo cuevas oscuras que son mi refugio. Juego con las historias y las voces que le invento a los muñecos de la casa de triplay que me hizo mi padre. Un día me enojo con la soledad de esa casa e intento destruirla. Rompo el techo, arranco el papel de lija del techo, reviento el celofán de las ventanas. Lloro, me paro sobre ella y salto, pero la casita está tan bien construida que resiste y la estructura permanece en pie.

El ansia me lleva a la cocina. Abro una vez más el refrigerador para sacar el botellón de leche, pero mi mamá me lo impide. Cierra la puerta de golpe. Ya te dije que no. Yo tiro inútilmente de la puerta. Ella explica que solo queda leche suficiente para que cene mi padre. La miro con odio. Una fuerza oscura se remueve dentro de mí. Sus facciones se deforman, la veo altiva, poderosa, las cejas enarcadas, envuelta en una larga capa negra. Tiemblo de rabia y le digo: vieja bruja. Por un instante me mira a los ojos y reconozco en ellos una furia animal. Me pega con la mano abierta en el cachete. Suelen pegarme después de una complicada ceremonia en la que nos sentamos los tres en la sala, mi padre dice algún texto de la Biblia, me hace entender lo que hice mal, por último me pide que me recueste sobre sus rodillas y me da dos o tres nalgadas que me hacen llorar de humillación y no de dolor. Esto es muy distinto.

«Veo la hija que fui: me intuyo a los dos,
tres, cinco años. Me intuyo o me invento.
Y quiero tenerme como si fuera mía. Yo mi
propia madre de mí, cuidándome de
mi propio rechazo.»

María Malusardi,
Una madre es un piano triste

Tomo las llaves del coche de mi padre y salgo. Por la tarde regreso cargada de paquetes que compré con culpa. Cuando estaba en la universidad y mi madre me ayudaba a pagar el celular nuevo o un libro para la tesis, yo aceptaba con cierto pesar y le decía te lo devuelvo en cuanto pueda. Ya me lo pagarás cuando seas rica, respondía ella con ironía. Llevo seis años viviendo por mi cuenta, cubriendo todos mis gastos, y aunque estoy lejos de tener holgura económica –soy empleada de una editorial pequeña– al menos puedo pagar la cuenta del Sams y poner ese grano de sal ante su mina seca. Entre las cosas que compré hay un rollo de manta cruda para elaborar las sábanas de recambio, tela suave de algodón y seis kilos de alpiste para hacer las almohadillas sobre las que descansarán sus brazos agotados. Es la manera que encuentro de hacerme a la idea de que seguiremos aquí por un buen rato.

La más mía[3]

Pocas cosas disfruto tanto como viajar al rancho con mi madre. Para ella es un regreso, para mí, una dádiva. En esos viajes me regala su memoria y su pasado, se teje su raíz en mí. Es en su regresar donde empiezo a entenderme, a conectar con mi estirpe. Mi padre nos lleva a la terminal y subimos juntas al autobús, el Tres Estrellas de Oro, con asientos reclinables y ventanas corredizas de vidrio polarizado en verde, ceniceros en los descansabrazos, baño a bordo. Cuando el autobús avanza y dejamos atrás a mi padre ella se transforma, ya no le pertenece tanto. Ahora soy yo su compañera y su cómplice. Pasamos dieciséis horas juntas, voy recostada en su regazo, le pregunto acerca de las cosas que veo por la ventana, escucho su silencio y su voz. Cuando me da hambre, saca de su bolsa burritos de frijoles con queso y un jugo o una manzana, un triángulo de Toblerone, un Almon-ris. Nunca como en esos viajes estamos tan juntas; nunca fui tan suya. Mi niña, le dice a los otros, a la mujer de la taquilla, al taxista, al ranchero gordo que me empuja para quitarme el asiento: señor, quítese, que aquí va mi niña. Al escuchar esas palabras me hincho de orgullo. Al llegar al rancho nos reciben los brazos blandos de mi nana, las risas

---

[3] Poema de Cristina Rivera Garza.

de mis primos, el río, los canales de cultivo, los campos de maíz y de sorgo, la huerta de mangos y ciruelos, la noria, el árbol de algodón. Durante los días que pasamos ahí, ella me deja libre al cuidado de su tribu, cobijadas ambas por su sangre. Nunca como en esos viajes mi madre es tan mía y tan completa.

La muerte por primera vez

Mis padres decidieron que tendrán solamente una hija en Este Sistema de Cosas. Así se le llama al mundo antes del Nuevo Orden. Este Sistema de Cosas es un lugar arruinado y feo. Jehová permite que haya injusticias, que se seque el lago de Chapala y que la gente se enferme porque es parte de su plan. El Armagedón vendrá muy pronto, y cuando haya convertido la Tierra de nuevo en un paraíso donde solo podremos vivir los que hayamos cumplido con sus reglas, entonces podré tener un hermano. Antes no.

A modo de compensación, una tarde vamos a Plaza Patria, a la tienda de animales junto al estacionamiento, y esta vez sí elegimos al que será mi nuevo compañero de siestas. Nos asomamos a las vitrinas y de inmediato me prendo de un gatito siamés. Nunca antes había visto unos ojos tan azules. El hombre de la tienda lo coloca sobre el mostrador y dice que a este tipo de gatos se les ponen los ojos bizcos. Abrazo al gatito sobre mi hombro y nos lo llevamos a casa. Esta vez mi padre compra un bote amarillo de talco antipulgas, y mi madre le cose un collar de terciopelo guinda con un cascabel dorado. Le untamos manteca de cerdo en las patitas para que no se vaya. Decido llamarlo Tomy en honor a los dulces de cacahuate que mi madre me da después de comer.

Tomy es un gato de casa de acuerdo con las costumbres del rancho: come pedazos de bofe que le compramos en la carnicería, está cuando quiere estar, y cuando no, es libre de irse por las azoteas, su plato es una vieja lata de sardinas, hace caca en el jardín del vecino y su lugar favorito para tomar el sol es el sillón largo de la sala. Le fascina enroscarse sobre las piernas de mi madre, cuando ella se sienta a leer la *Atalaya,* y aunque me dan celos lo entiendo, el regazo de mi madre es el lugar más apacible del universo.

Cuando regreso de la escuela siempre lo primero es ir a buscar a Tomy. Es mi paciente, mi alumno, mi hijo, mi comensal, somos tigres en la selva, exploradores, espías, ladrones o cazadores. Tomy es lo más parecido que tengo a un hermano, pero es más mío, menos persona y más salvaje. Cuando se trata de llorar, invariablemente acudo a él por consuelo. A mi madre no le gusta que llore, si lloro porque me lastimé ella se acerca a ver que no haya sido grave, dice ya, ya, no es para tanto y se marcha. Si lloro porque me regañaron, ambos me dan la espalda como castigo. El único que me escucha es Tomy, se queda quieto mientras lo abrazo y deja que mis lágrimas le mojen el lomo, luego ronronea hasta que se me pasa la tristeza o nos quedamos dormidos.

Un día Tomy regresa de la calle con un arañazo en la cabeza, arriba de uno de sus ojos azules y bizcos. Mi madre trata de curar la herida mientras que mi padre lo envuelve en una toalla para contener sus garras. Con el paso de los días, la herida forma un tumor rosado y purulento que le cierra el ojo. Mi madre trata de limpiarla y trabaja sobre el cuerpo de Tomy como si se tratara de uno de sus pacientes. Exprime una sustancia purulenta que impregna las gasas blancas.

Es domingo por la mañana y vamos de camino a la reunión. Voy parada en el hueco entre los asientos del frente. Es mi padre quien dice con voz severa y con algo de pesar: mija, tu gatito se murió. Hay una pausa, un momento hecho de vacío en el que se procesa el entendimiento de lo que la muerte significa. No hay imágenes, ni deducción, solo significado abstracto que brota del fondo oscuro de la conciencia. Retrocedo y me hundo en el asiento de atrás. Veo por la ventana las copas grises de las casuarinas del camellón. Cuando al fin comprendo el significado de las palabras que mi padre me ha dicho, se rompe la represa del llanto. Llegamos a la reunión y los hermanos le preguntan a mi madre por qué estoy llorando y ella responde: se le murió su gatito. Ah. Aprieto en el puño la tela de su falda. Siento vergüenza y rabia. Nadie se arrodilla para volverse de mi tamaño, nadie se toma en serio mi dolor y Tomy ya no estará para darme consuelo.

«Sea cual sea el grado de amor y fortaleza que había en cada una de esas mujeres, la niña que hay en nosotras, todavía se siente, en algún momento, salvajemente abandonada por su madre.»

ELIZABETH DEBOLD,
MARIE WILSON E IDELISSE MALAVÉ,
La revolución en las relaciones madre e hija

Algo se ensancha más allá de mí

Crece el tabachín. Engrosan su tronco y sus ramas. Mi padre estaciona la camioneta bajo su sombra, y yo aprovecho la caja de la pickup para subir a él. Vivo trepada en ese árbol. La textura granulosa de la corteza se me pega en los muslos como azúcar morena. Desgrano sus hojas minúsculas para fabricar confeti. Con los vecinos de la privada arrancamos las vainas para jugar a las espadas. Las semillas en el interior hacen ruido de sonaja de tenábaris. Desde esa altura la soledad se siente casi como una victoria.

Crezco yo. Especialmente hacia los lados, dicen algunos. Los dulces me enloquecen, no puedo controlar mi hambre y engordo. A mi madre le avergüenza mi cuerpo rechoncho, casi no guarda fotografías de ese tiempo. Ajusta los vestidos y el uniforme, busca la manera de controlar mi ingesta de carbohidratos, pero soy niña y es fácil conseguir golosinas. Con los retazos de tela coso ropita de Barbie en la máquina Singer y los vendo entre mis compañeras, de ese modo puedo comprar mazapanes, rielitos, tamarindos, cachetadas, churritos, pulparindos, duvalines, jamoncillos y frutas miniatura moldeadas de azúcar glas que se me desbaratan en la boca, como en la boca de mi madre se deshacen las palabras de cariño que no me dice. La hostilidad de sus ojos sabe a cubierta de chocolate.

La dureza de sus manos es antojo de mermelada de fresa. Su rechazo está hecho de bombones rosados y blancos. En uno de sus aniversarios me regalan lo que más había deseado hasta entonces: un oso de peluche esponjoso, que puedo abrazar a la hora de dormir. Un oso gordo y triste que tiene siempre la cabeza caída sobre la panza.

Crece también el taller, no puede seguir dentro de la casa. Mi padre encuentra un terreno en la colonia y decide comprarlo para dar espacio a su aumento. La casa se va quedando cada vez más silenciosa y quieta. Mi madre hace mucho que dejó el consultorio del doctor Guerrero. Le gusta trabajar en el taller, involucrarse en las tareas secundarias que permiten a mi padre aceptar más y más trabajo, estar con él y hacer de capitana. Ella dirige a los trabajadores que dan acabado a muebles rústicos, con hoja de oro, pigmentos y pátina que los haga parecer antiguos. Mientras tanto mi padre se dedica a sus esculturas, ángeles y santos que no tienen nombre porque somos testigos de Jehová y no creemos en los santos ni en la idolatría, son solamente figuras barrocas con vestidos drapeados cubiertos de estrellas y cenefas de oro, bucles torneados, manos finísimas con las puntas de los dedos curvadas hacia fuera, encarnaciones claras de rubor rosado, sandalias atadas en cruz, un pie que aplasta la cabeza de la serpiente original. Además de llevar el taller, mi madre también cuida de la casa y cuida de mí, cuida de mi nana y de mis tías y de las hermanas de la congregación cuando se enferman, cuando necesitan ayuda, cuando necesitan que les ajuste un vestido o les enseñe a preparar una receta. Mi padre se siente orgulloso de que mi madre sea la médica de la familia y la llama doctora, doctorcita linda, presume su título con orgullo, colgado en la pared de la sala donde exhibe las reliquias y trofeos de sus viajes. Yo también, cuando crezca, si dejo de ser gorda y obtengo algún mérito profesional, estaré colgada en ese muro.

Mi cuerpo

Lo primero es la vergüenza. Oigo la voz atronadora de mi padre: Mara, la niña está desnuda. Bajo la mirada hacia la piel expuesta de mi torso y veo sus dos manchas color palo de rosa alineadas al frente. Mi madre se apresura a llevarme al cuarto para ponerme una camiseta.

Lo siguiente es la debilidad. Todas las noches hay lucha de cosquillas y almohadazos con mi padre. Antes de dormir libramos lances llenos de euforia que por lo general terminan en llanto por los golpes y caídas de mi propia brusquedad. El dolor de saber que él es invencible y fuerte, yo no.

También está el gozo. Me vuelvo líquida en el agua. Soy lluvia, fuente, cascada, mar, me quedo en la alberca hasta que nos echan del balneario, en el rancho soy pila en mitad del patio. Un día me encierro en un baño cubierto de mosaicos azules con una niña que me enseña cuáles son los besos de lengua, pero alguien nos descubre y cuando volvemos a casa mis padres hablan conmigo muy seriamente, me pegan para que entienda que eso estuvo mal. A Jehová no le gusta que las niñas se besen y se toquen.

Luego llegan hambre y volumen. Mi silueta curva en el espejo del gimnasio, la comba de mi espalda, la luna en mi barriga. Mientras hacemos fila para que el instructor nos enseñe a dar la vuelta de carro veo a las demás niñas delgadas como el tallo de una margarita silvestre, sin casi carne sobre sus huesos de pan. Una niña debe ser eso. Yo soy otra cosa.

Llevo el rollo de tela al cuarto de costura, que antes fue mi habitación de infancia. Me dispongo a cortar los tramos de las sábanas para empezar a bastillarlos cuanto antes. El cuarto de costura es el único espacio rezagado de las mejoras y transformaciones que con el tiempo le fueron haciendo a la casa, como si por feo y pequeño no mereciera atención. Misma alfombra verde pringosa donde se clavaban los alfileres, misma cama individual, misma cobija de cuadros, el burro de planchar doblado y recargado en el rincón, la caja de las telas y la bolsa de los recortes, un espejo enorme que no supieron dónde más poner y que durante mucho tiempo duplicó mis pesadillas.

Esta habitación austera, carente de lujos y de adornos se convirtió en una extensión de mi madre, su habitación propia. En el clóset cuelgan sus vestidos de fiesta cubiertos con fundas de plástico de la tintorería, sus abrigos por si en algún momento llegara a hacer frío en Guadalajara, las prendas que un día iba a reparar, las maletas en la repisa alta, el material de costura en un mueblecito de plástico de tres cajones: las tijeras largas y las de punta, la lata de galletas llena de carretes de hilo, botones, tramos de listón, cierres, tira bordada, una cinta de medir amarilla. En el librero de la esquina duermen con sueño de sarcófago sus antiguos libros de medicina de lomo gordo troquelado en letras doradas: el *Manual de patología general* de Harris, el de anatomía y el de ginecobstetricia, junto al PLM, los compendios de la *Atalaya* y la *Biblia* de letra grande que mi madre mandó pedir cuando empezó a fallarle la vista, el estuche de sus lentes de repuesto y sus lupas. Su huella está en cada centímetro de esta habitación.

La mujer que habita este cuarto es más verdadera que la que yace ausente en la habitación contigua. Este lugar era su refugio, de mí, de él, de todos. Él tenía su taller y luego se hizo un taller más grande, ella solo tenía esto. Las mujeres solemos conformarnos con poco cuando se trata de acotar el territorio que nos pertenece. Su territorio era el silencio. A lo sumo ponía el radio de la grabadora en cualquier estación, con el volumen más bajo posible para que la acompañara el murmullo como ruido blanco. Sacaba la caja de las telas, desdoblaba el mueble de la Singer, hojeaba una de sus revistas donde mujeres japonesas modelaban con modestia y decoro vestidos de una moda atemporal, faldas en corte circular con botones al frente, blusas con manga bombacha y cuello camisero, vestidos de corte princesa con ruedo de piezas y escote cuadrado. Elegía uno de los patrones, extendía la tela sobre la mesa de corte y empezaba a crear. La costura era el trance donde mi madre se convertía en sí misma, dejaba de ser madre y esposa para ser respiración, destreza de manos, ingenio, un tacto preciso, un ojo finísimo, labios que humedecían la punta del hilo antes de enhebrar la aguja.

Extiendo el rollo de manta cruda sobre la mesa y voy midiendo tramos de dos metros con diez centímetros. Utilizo la vieja cinta amarilla con números negros con que ella medía mi cintura para saber si había adelgazado, o mi busto, que no se decidía a crecer, o el largo de la falda para que llegara por debajo de la rodilla. Hago una muesca con las tijeras en la orilla de la manta y desgarro el corte como hacen los vendedores en la tienda. Mientras oigo el grito de las fibras al romperse pienso en el amor que no nos dimos, en el hambre, en la desesperación, en el vacío, en la frialdad a la que nos fuimos acostumbrando, en nuestras muchas maneras de estar ausentes, en las formas en que su presencia me atraviesa a cada instante cuando estoy lejos. Ahora puedo reconocer su amor en cada una de las prendas que elaboró para mí, pero crecí pensando que ella no lo sentía porque nunca le puso palabras.

Preparo la máquina como ella me enseñó: paso el hilo por las trampillas, lo ensarto en el ojo de la aguja, pongo abajo el carrete pequeño, prenso la tela y pongo el pie sobre el pedal. El tiempo se nos acabó de golpe y yo no estuve, no fui, no hice lo suficiente. Piso el pedal con tiento. Me festonea su ausencia puntada tras puntada. Si el hilo se enreda ella no estará para ayudarme. Mis manos ahora están solas. Mis manos cosen las orillas del sudario sobre el que habrá de morir mi madre.

Capítulo III

Sangre de su sangre

«Pídeme todas las puertas que no abriste cuando llegué a tu corazón desnuda. Pídeme tu misma falta de piedad. [...] No me pidas ternura. Amantísima, la más mía, pídeme solo aquello que tú me diste: esta dureza que hace menguar la luz de las tres de la tarde.»

CRISTINA RIVERA GARZA,
La más mía

Falta

Mi madre jamás me dijo: te amo. Los te-amo no eran algo que se le pudiera decir a una hija, eran palabras mayores que solo se podían decir en secreto a un verdadero amor. No se le dice te amo a un vínculo incidental como el nuestro. Jamás escuché a mi madre decirle te amo a su madre. Tampoco escuché a mi nana decírselo a mi madre o a mi tía, o a mi abuela paterna decírselo a sus hijas. Hay ceniza en la boca de las mujeres de mi familia y de madera están hechas sus manos. De acuerdo con las reglas implícitas de la casa, las mujeres no pueden amarse entre sí, pueden cocinar juntas, crecer juntas, llevar una casa, sustentarse en la enfermedad o en la vejez, pueden coexistir e incluso en casos raros ser amigas, pero eso no es amor, las mujeres únicamente pueden amar al hombre al que pertenecen, o a su dios, que es casi lo mismo.

Esta es mi sangre

La fecha más importante para los testigos de Jehová es el 14 de nisán. No Nissan como la marca del coche con el que reemplazamos el Volvo, sino nisán, que es como se llama el primer mes del calendario de los hebreos, y que ocurre en secas, como entre marzo y abril porque va con la luna y no con el calendario que los gregorianos inventaron mucho después. La fecha que conmemoramos es la muerte de Nuestroseñorjesucristo, que sucedió en la luna llena del mes de nisán, y ese día la luna se pone especialmente grande y roja para recordarlo.

El día de la conmemoración nos arreglamos como para una boda, con un vestido especial que mi madre hizo. Tengo que bañarme y bolear mis zapatos. Mi madre me pone tubos en el pelo para que se me formen bucles. Ella se plancha el flequillo con la tenaza eléctrica que huele a achicharrado. Por ser una ocasión especial, se pone zapatos de tacón alto y se maquilla con delineador, rímel, polvo y pintalabios. Mi padre lleva una camisa lisa de manga larga, una corbata nueva y traje completo color azul marino. El taconeo de sus zapatos bostonianos va y viene y resuena impaciente por toda la casa mientras nosotras terminamos de arreglarnos. La cita no es a una hora fija, las seis o las siete, sino «a la puesta del sol», que es la hora en que murió Nuestroseñorjesucristo.

Los hermanos hombres hicieron preparativos desde meses antes. Rentaron un salón de eventos. Mi padre ayudó a llevar el atril en su camioneta. Las hermanas se pusieron de acuerdo para colocar arreglos florales de alcatraces blancos y crisantemos. El hermano García distribuye las tareas, especialmente entre las hermanas solas, las que no se casaron o están divorciadas o las abandonó su esposo, a ellas les toca hornear el pan sin levadura, llevan el vino, las copas de cristal cortado, las charolas y las servilletas.

Al llegar saludamos y observamos cómo van vestidos los demás, que también se pusieron sus mejores galas. En secreto hacemos un concurso para decidir quién se arregló mejor, quién se hizo el mejor peinado, quién se puso el vestido más elegante y a quién se le pasó la mano de perfume. Tomamos los lugares que están reservados para nuestra familia. La ceremonia al principio se parece a cualquiera de las reuniones de los jueves y los domingos: hay un cántico y una oración, seguidos de un discurso en el que debemos ir buscando cada quien en su Biblia los textos que cita el hermano que habla en el micrófono desde la plataforma. Esta vez es el hermano Flores, el superintendente, que habla de la importancia de estar aquí en esta ocasión, exactamente a la hora de la puesta de sol, y todos volteamos hacia la ventana para ver que efectivamente el sol se ha ocultado y el cielo se ha puesto color azul plumbago, con pinceladas color rosa en el horizonte.

El discurso se va por otras ramas, pero al final llega siempre a donde mismo. El hermano Flores lee los fragmentos de la Biblia que describen el momento de la última cena en que Nuestroseñorjesucristo le reparte el pan a sus apóstoles. Ahí todos nos ponemos de pie y volvemos a cantar y a hacer oración como si fuera a terminarse la reunión, pero apenas es el principio. Nos volvemos a sentar. Los hermanos ministros van a la plataforma, donde hay una mesita con mantel blanco y las charolas que trajo la hermana Patricia, con el pan que horneó la hermana Melesia, sobre unas servilletas de deshilado que trajo la hermana Sol. Los panes parecen una galleta salada, pero sin forma, sin hoyitos y sin sal. Mientras que los hermanos ministros reparten el pan en las charolas y empiezan a pasarlas entre los asistentes, el hermano García explica que el pan es así de feo y triste porque eso era lo que comían los hebreos ese día, no podían ponerle levadura al pan porque la levadura significa pecado, y como el pan representa la carne de Nuestroseñorjesucristo, no puede tener levadura ni sal ni mermelada.

Cualquiera pensaría que el pan es muy poquito y no va a alcanzarnos a todos, o que veremos suceder un milagro como el de los panes y los peces, pero lo que pasa es que nadie puede comer de ese pan, únicamente pueden participar de los emblemas los miembros elegidos que son ciento cuarenta y cuatro mil, y todos están muy viejos o ya se murieron, y los que quedan viven en Estados Unidos. Aquí no hay ninguno, así que nadie come del pan y solo podemos pasarlo de mano en mano.

El hermano Ernesto se relame al ver pasar el pan. Mi madre lo mira con desprecio porque es gordo y hace cosas de gordo, usa la ropa ajustada, parece sucio aunque se bañe y su respiración se escucha a diez metros a la redonda como si estuviera ahogándose en sí mismo en todo momento. A mí también, la espera me da hambre. Cuando por fin nos toca a nosotros mi madre me pasa la charola, pero no del todo, no la suelta, le da miedo que se me caiga de las manos algo tan sagrado como la carne de Nuestroseñorjesucristo. Toco la orilla y veo pasar el pan bajo mis narices y pienso que ese color pálido y seco es bastante congruente con la carne de Jesús, al que dibujan siempre muy blanco en las ilustraciones de la *Atalaya*. Me pregunto qué parte de su cuerpo será. Imagino a Nuestroseñorjesucristo desnudo y flaco, rebanándose a jirones la piel para repartirla en las charolas plateadas de la hermana Patricia.

Pienso en todo esto porque la espera me aburre mucho. La charola sigue de mano en mano hasta pasar por todos los asistentes a la conmemoración. Al final, cuando uno piensa que ya se va a terminar, el hermano García, que se llama Elpidio pero preferimos llamarlo por su apellido porque su nombre es muy feo, empieza a leer otro pasaje del Evangelio, ahora donde habla del vino, que es la sangre coagulada y oscura de Nuestroseñorjesucristo. Y otra vez hay que repetir todo, levantarnos para el cántico, agachar la cabeza y cerrar los ojos para la oración. Como ya me aburrí abro los ojos y me pongo a mirar lo que hacen los demás, los vigilo mientras oran sin que se den cuenta. Al final digo amén como todo el mundo y nos sentamos a esperar a que sirvan el vino en las copas de cristal cortado, a que las pasen de mano en mano. Cuando la copa llega a mí solo puedo tocar el cristal frío de la base y oler el aliento agrio que me agita las entrañas porque soy el puente entre las manos de mis padres, y la copa sigue de una fila a otra, mientras que a mí me mata la impaciencia de que esto termine para poder ir a cenar. Porque después de la conmemoración pasa que a todos nos da hambre, así que nos organizamos para ir al bufet del Sirloin Stockade. Pienso en los helados de máquina, en la barra de postres, en el espagueti al dente con salsa boloñesa y la carne horneada que rebanan en tantos filetes como quieras, el puré de papa con gravy, la ensalada rusa, los vasos grandes de refresco que podemos mezclar y llenar de hielo, el brownie de chocolate que envuelvo en una servilleta para llevarlo en mi bolsa. Ese será nuestro desquite porque no nos dejaron comer ese pan triste y ese vino agrio que no nos corresponde. Pero está bien, cambiamos la carne de cristo por un trozo sangrante de sirloin a las brasas y es así como participamos de su sacrificio, nuestra última cena antes de volver a casa, ahítos y completamente satisfechos.

Directriz

Me hacen saber que mi cuerpo es sagrado y no me pertenece, le pertenece a Jehová. Por eso suelo llevar en el bolsillo una tarjeta pequeña a la que llamamos «la directriz» que dice:

«Yo (aquí escribí mi nombre con letra de molde más o menos legible) soy Testigo de Jehová y no acepto transfusiones de sangre completa, glóbulos rojos, glóbulos blancos, plaquetas o plasma bajo ningún concepto, aunque el personal médico las crea necesarias para salvarme la vida (Hechos 15:28,29). También me niego a que me extraigan sangre para almacenarla y transfundirla posteriormente.»

La tarjeta tiene el dibujo de un paquete globular tachado con un círculo rojo. Lleva el número de teléfono de mi casa y los nombres de mis padres. Si me pasa algo y mi vida está en peligro y solo pueden salvarme con una transfusión de sangre, ellos lo impedirán. De ese modo habré muerto, pero no habré desobedecido el mandato de Jehová, mi cuerpo permanecerá limpio y resucitaré en el Nuevo Orden, donde viviremos por siempre en un jardín, con leones que comen paja y osos que no hacen daño, donde no existirán la vejez, la enfermedad ni la muerte.

Mis padres tienen también su tarjeta directriz, firmada en tinta azul. Mi madre la lleva en su monedero y mi padre junto con sus demás papeles aplastados, en el bolsillo izquierdo de la camisa. Si algo les llega a pasar, los médicos sabrán que no les pueden poner transfusiones de sangre. Sería mejor que murieran en Este Sistema de Cosas sin haber pecado, porque de ese modo resucitarán a la vida eterna.

La sangre es algo que habrá de llegar

Mi madre me explica el funcionamiento del aparato reproductor femenino. Estamos en su recámara, sentadas en la orilla de la cama y tiene un cuaderno sobre las rodillas donde dibuja con esmero el útero, con su forma de pera invertida y dos cuernos inverosímiles que le salen a los costados acabados en flor. Dibuja los ovarios como pequeños jitomates que brotan de la trompa, y las semillas que guarda dentro. Dice que cada veintiocho días un óvulo maduro rompe la pared del ovario y sale, encuentra su camino por la trompa y baja hacia la cavidad, cuyas paredes se han llenado de tejido nutricio. Dice que si el óvulo es fecundado, se implanta en una de las paredes de la cavidad uterina y aprovecha ese tejido nutricio para crecer y entonces se forma un bebé. Si no es fertilizado, el óvulo sale y unos días más tarde todo ese tejido que no se aprovechó se desprende. El trazo de tinta azul escurre hacia abajo, por el ducto vertical y sin nombre que ella dibujó debajo de la pera. Este flujo se conoce como menstruación. En el momento en que tenga mi primera menstruación, dice, me convertiré en una mujer. Yo quiero tener ya mi menstruación, como mis primas que son mayores, quiero poder pintarme los labios y enamorarme, pero no quiero ser mujer. Ser mujer es malo, una desventaja, una desgracia, una carga, algo que vale menos que un hombre, que está siempre supeditada al hombre, dependiente y sumisa. Odio la idea de ser mujer. Sin embargo ahora soy algo menos que eso.

Hambre I

En la familia de mi madre, como en muchas familias norteñas, el afecto se muestra por medio de la comida, la vida entera gira en torno a la comida. Durante el desayuno hacemos planes para la hora de comer y a la hora de comer seguimos hablando de comida. Mi madre heredó el buen sazón de mi nana y lo complementa con otros platillos que conoce aquí y allá, porque tiene una habilidad extraordinaria para reproducir y mejorar cualquier receta. Todo le queda delicioso y le gusta mucho la comida, pero tiene miedo de engordar. Mientras mi padre y yo cenamos pan dulce con leche, ella juega con sus manos sobre el mantel. Luego me cuenta que soñó con comida, con un banquete o con un platón de quesos y carnes frías o con un pastel de muchos pisos o con una pierna de cerdo horneada, y en el momento en que iba a dar el primer bocado, se despertó.

A veces, los fines de semana prepara pastel de tres leches, gelatina de rompope, flan napolitano, pastel imposible o arroz con leche. Entre semana, si está de buenas y tiene tiempo de pasar la tarde en la casa, vamos por pan dulce y se come una chorreada con café con leche, pone su taza junto a la máquina de coser, y se va enfriando, pero ella lo sigue tomando, así frío, hasta que oscurece y mi padre llega. Otras veces le da por someterse al rigor de una de sus dietas, la de la sopa de col, la de comer solo proteína o la que acompañaba a su tratamiento de acupuntura, y entonces su voz se vuelve tensa y sus movimientos crispados, entra en un estado de culpa, de ansiedad permanente por el hambre que no deja de sentir. Muerde un pan y segundos después escupe el bocado a la basura, o se queda toda la mañana sin comer para luego, casi sin darse cuenta, meterse a la boca las sobras de un plato de arroz o los bordes grasos de la carne que quedaron en el sartén, o abre el refrigerador y muerde el queso adobera, para después arrepentirse y golpear con rabia la puerta.

En cambio, es completamente dichosa cuando se da permiso de preparar paella o una pizza con camarones o filetes de huachinango en salsa de piñón, cuando se sirve un plato de calabaza en tacha con leche fresca o un tazón de capirotada y lo lleva junto a la máquina de coser y lo va cuchareando con calma a lo largo de la tarde. En esos momentos su respiración se vuelve lenta, sus manos trabajan con delicadeza y su mirada se llena de calma.

Confesión

Mi madre me da estudio. El hermano García le ha dicho que una vez a la semana debe sentarse conmigo a estudiar la Biblia con ayuda de un libro de tapas rosas que dice en letras verdes *Escuchando al Gran Maestro*. Leo un párrafo de la lección, mi madre hace las preguntas que vienen escritas al pie de la página y yo busco la respuesta en el párrafo que acabo de leer, no me puedo equivocar. Ella parece satisfecha con mi progreso.

Es nuestro pequeño ritual. Elige los sábados por la tarde, cuando mi padre está en el taller y ella no tiene compromisos. En lugar de irnos a la mesa del comedor o al sillón largo de la sala, dispone una mesa pequeña en su recámara y un par de sillas. Me sirve un vaso de leche y galletas. Esta vez la lección habla sobre honrar a Jehová con nuestro cuerpo, dice lo que debemos hacer y lo que no: mantener la higiene personal, vestir de manera decorosa, no fumar ni beber alcohol, no usar drogas ni masturbarse. Sé que las drogas son malas y que Jehová odia a los que fuman, pero no sé lo que significa la palabra *masturbarse*. Mi madre explica que es cuando la gente se toca los genitales para sentir placer. Un calor súbito me cubre la cara y le pido permiso para ir al baño.

Caen sobre mí los muros de mosaicos amarillos. Hay una grieta en la pared del tragaluz que tiene la forma de una persona vista de perfil. Ese rostro me observa y me enjuicia. Sabe lo que he hecho. Estoy condenada a morir junto con los pecadores, a ser arrancada y arrojada al fuego como hierba mala. No pasaré al Nuevo Orden, no tendré la vida eterna, moriré como los asesinos y los fariseos. Mi madre me llama porque ya me tardé mucho. Pregunta si estoy bien. Salgo y regreso a mi silla. Tengo que confesarlo. No tiene sentido ocultar la verdad porque Jehová sabe todo lo que hemos hecho. Mejor decírselo a ella que es mi madre, a ser condenada por él.

El arrepentimiento me arranca las palabras que no quiero decir. Lo confieso y lloro. Yo no sabía que era algo malo, le digo. Mi madre se queda callada, rígida y muy seria. Al final solo me pide que deje de hacerlo y yo se lo prometo. Damos por terminado el estudio con una oración. Después de decir la palabra *amén* me siento liberada, por primera vez limpia, por primera vez descubro lo que significa la verdadera pureza. En lo sucesivo no vuelvo a tocar mi propio cuerpo para sentir placer. O quizá solo un poco, escondida debajo de la cama, donde ni ellos ni Jehová ni el rostro de la grieta en el tragaluz del baño pueden verme.

Comunión

Mi mamá le pidió a la tía Alina que viniera a hacerle manicure y pedicure. Tengo las manos destrozadas, dice, y las esconde en el puño o entre los muslos cuando está sentada. La tía Alina es la más joven de sus primas y sabe hacer de todo: corta el pelo, teje pantuflas para vender, hace manualidades para navidad, vende colchas por catálogo. Llega por la tarde, en su Caribe blanca. Mi madre ya ha puesto a remojar las manos y los pies en agua tibia y sacó el estuche donde guarda los instrumentos de cuidado personal: las alicatas grandes, las alicatas peque-ñas, cortaúñas de diferentes tamaños y formas, limas de grano grueso y delgado, espátulas, pinturas, acetona y algodón.

A mi madre le gusta dejarse las uñas un poco largas, como de luna creciente, aunque en el taller se le astillan, se le llenan de mugre o de pintura y siguen pareciendo sucias aunque se las lave con el cepillo de cirujano, y por las noches se repase las manos con crema Atrix.

Alina se sienta frente a mi madre, en la mesa del comedor. Va limpiando la cutícula, los remanentes del contorno de cada uña alternando instrumentos como si fuera cirujana. Pasa la lima y pule las orillas. Mientras trabaja, habla de cosas que no termino de comprender, me resulta imposible pertenecer a ese mundo, mis manos resecas son una desgracia, tengo las uñas mordisqueadas y sucias, llenas de padrastros que arranco a contra piel. De todas formas, nada puede apartarme de ese círculo sagrado de luz y de comunión con el cuerpo, me quedo en silencio, contemplando, con los codos apoyados en la mesa mientras Alina realiza su labor de orfebre.

Cuando termina, mi madre toma un frasquito de pintura Revlon color rosa pálido de brillo nácar como el interior de una concha. Da una sola pincelada precisa sobre cada valva y estira los dedos para que la pintura seque. Es quizá el único momento en que las manos de mi madre permanecen quietas.

Se escucha el motor del carro de mi padre y se rompe el espacio sagrado de luz. Mi madre se apresura a guardar las cosas y esconderlo todo antes de que él entre. No quiere que él sepa que ha estado perdiendo el tiempo en algo tan vano como arreglarse las uñas, algo propio de mujeres argüenderas y sin qué hacer. Al meter los instrumentos en el estuche se arruina la pintura y exclama molesta. Trata de enmendarla, pero no quedará tan perfecta como antes. Sabe que mañana que vuelva al taller el esmalte empezará a desconcharse, se le ensuciarán las cutículas, rascará los restos de nácar y su tacto volverá a ser tan seco y tan frío como el de una roca.

El suyo es un amor con alfileres

Acompaño a mi madre a la tienda de telas de Santa Tere y recorremos los pasillos en busca de la más adecuada según los modelos que hayamos elegido de su revista de patronaje. Esa no porque es acrilán. Debe ser algodón o popelina, gabardina o franela. Rayón y lino tampoco, son muy difíciles de planchar. Una vez en la casa me toma las medidas, dibuja las piezas sobre la tela y las recorta sobre la mesa del comedor. Luego de unir las piezas con pespunte me llama para hacer la primera prueba. Yo debo desnudarme ante sus ojos con todo y que me dé vergüenza, me pongo la prenda con mucho cuidado y me paro frente al espejo grande. Ella ajusta las medidas y coloca alfileres para marcar la pinza del busto, el declive de los hombros, el largo de las mangas o de la bastilla. Siento el olor acre de su cuerpo y su respiración forzada, tensa. Debo quedarme quieta mientras las manos de mi madre evitan tocarme y su mirada evade los lugares de mi cuerpo que de sobra sé que le desagradan: la barriga prominente, los pechos tiernos, los muslos flácidos. Coloca alfileres aquí y allá y se detiene. Contiene la respiración, se aleja un paso y observa con mueca de disgusto los pobres resultados de su proyecto.

Fuego

Son vacaciones de Semana Santa y estamos mi madre y yo en casa de mi nana, en El Fuerte. Hoy se celebra la conmemoración. Preparamos tamales de elote para convidar en la noche a los hermanos. Mi prima y yo lavamos las hojas verdes de maíz, que insisten en enrollarse para seguir abrazando la mazorca de la que fueron arrancadas y mi tía Marthita cima los costados del elote en cuatro tajos sobre una bandeja grande, para después verter los granos en la boca del molino que mi primo hace funcionar girando la manivela. De la muela del molino escurre una leche dulce mezclada con la carne triturada del maíz, que cuajará en tamal una vez envuelta en la hoja, cocinada al vapor, humeante, acompañada de crema y queso fresco. Mi nana es quien da las instrucciones. Estamos armando los tamales cuando la vecina grita del otro lado del muro: llaman por teléfono, es de Guadalajara, para la Marielena. Mi madre se levanta a toda prisa, se enjuaga las manos y va a tomar la llamada. Cuando vuelve nos dice que mi papá acaba de tener un accidente. Su aplomo me hace pensar que todo está bajo control, todo va a estar bien, ella se hará cargo. Mientras tanto yo debo quedarme aquí. En ese momento me parece incluso una noticia feliz.

El tiempo indefinido que me quedo sin escuela, rodeada de primos, bajo el cuidado de mi nana y de mi tía Marthita tiene sabor a tortilla de harina, a mango y tamarindo con chile. Mi madre me advirtió que no comiera tantas golosinas, pero no le hago caso y todos los días vamos mi prima y yo a la tienda junto al mercado en donde tienen un mostrador grande con una extensa variedad de dulces. Los que más nos gustan son los que tienen chile en polvo: chamoy, rielitos, pulparindos, jarritos, paletas de elote o de sandía. Mi prima me enseña a chopear las paletas de caramelo en salsa de chamoy y cubrirla con polvo de chile. Comemos Tajín lamiendo el hueco de la palma de la mano. Ticos, Brinquitos, Miguelitos. Preparamos frituras y cacahuates japoneses mezclados con jugo de limón y diez salsas distintas. Nos llenamos la boca de fuego. Siguen siendo vacaciones, cierra los ojos, nadie te ve.

Unos meses más tarde, la vecina vuelve a gritar del otro lado del muro. Ahora quien llama es mi madre, le pide a mi nana que me lleve de vuelta para que no pierda el año escolar, y que se quede con nosotros en Guadalajara por un tiempo. Mi papá sigue en el hospital. La realidad se va dibujando poco a poco, ellos no permiten que el horror me impacte de lleno. No soy capaz de entender la gravedad de las cosas hasta que veo las heridas renegridas, la carne al rojo vivo, los vendajes. Mi padre le ayudaba a un vecino a encender su carcacha, cuando el vecino encendió la marcha por descuido y del motor estalló una llamarada. Mi padre extendió las manos al frente para cubrirse el rostro. Sus manos se quemaron, sus brazos, el hombro derecho y parte del torso. Mi mamá va a verlo al hospital dos veces al día, le hace curaciones y le lleva de comer, le lleva litros y litros de jugo de betabel para que suba la hemoglobina porque deben hacerle un trasplante de piel y somos testigos de Jehová, no puede recibir transfusiones de sangre durante la cirugía.

Mientras tanto, el taller no puede detenerse, hay mucho trabajo y mi madre es quien pone concierto entre los trabajadores; consigue material, negocia con los clientes. Por fin dan de alta a mi papá, y ahora toca cuidarlo en casa, seguir con las curaciones, mantener a raya el dolor, la frustración, el desasosiego de ver sus manos de escultor completamente achicharradas. Las heridas cicatrizan, pero la recuperación es muy lenta. No sabemos si podrá volver a sostener la gubia y el martillo. Mi madre lleva sobre su espalda el mundo entero, y el mundo bajo su amparo no hace sino crecer y crecer.

Escombros

Abro la puerta de mi recámara, que es también el cuarto de costura, y encuentro escombros. Es la completa destrucción del mundo de la infancia. Ya nada volverá a ser como antes. De ese tiempo no quedará piedra sobre piedra. Mi padre extiende la fuerza de su recuperación al espacio que habitamos y ha decidido remodelar la casa. De la campechana austeridad y el estilo ranchero desparpajado que tenía, pasaremos a un colonial más pulcro e intencionado. Al baño de mosaicos amarillos le pondrán una combinación de losetas imitación mármol con cenefa de volutas y espejo tocador, aunque la grieta con forma de cabeza humana vista de perfil volverá a aflorar en el nuevo repellado. Mi padre quiere convertir su recámara en un pequeño palacio, con espejos que cubran las paredes, un nicho iluminado para sus esculturas y su propio baño, solo para ellos dos, con mosaicos de nácar, muebles color vino y accesorios de recubrimiento de oro. Cambiará la alfombra roja por una nueva, color chedrón. También yo me veré beneficiada por la remodelación. Lo que antes era taller ahora será mi recámara, tendrá una ventana grande y salida hacia el jardín. Me pedirán que elija el color del piso y tomaré la peor decisión de mi vida hasta ese momento: mosaicos color melón a juego con las cortinas. Dentro de un par de meses entraré a la secundaria, ese color me parecerá odioso y empalagoso, y el piso de mi recámara quedará como recordatorio de la niña que fui. Mi padre reproducirá en el jardín una escena de las que se pintan en los típicos cuadros coloniales: sembrará ficus, azaleas y bugambilias en grandes macetas de barro, mandará construir una noria con arco de medio punto sobre el muro de la derecha, aunque no podrá encender la bomba de la fuente y escuchar el borboteo del agua porque con ese ruido a mi madre le dan ganas de ir al baño. Sobre el muro del fondo pondrá un portón de madera antigua, y sobre la cornisa simulará un tejado, y al lado habrá un balcón de reja de hierro forjado con puertas de tablero y un candil con luz de verdad, y todos los que lleguen preguntarán: ¿de verdad hay ahí una casa? Una casa detrás de mi casa. Una vida paralela atrapada en el muro de colindancia. En el comedor sobre los mosaicos de cemento con patrones psicodélicos, mi padre mandará colocar vitropiso color barro. Cambiará las sillas de tejido de palma por sillas tipo windsor. Una capa color crema de tirol planchado recubrirá las paredes rosa pastel. Quitarán las puertas de cantina para ampliar el paso e instalarán una cocina integral de muebles de encino con molduras en los bordes. Cambiarán el refrigerador que formaba témpanos de escarcha. Afuera, desarraigarán la chinchilla y la bugambilia, cuyas raíces ya habían roto las paredes del aljibe. Pondrán tejas nuevas, con vitrificado de destellos tornasol. Mutilarán el tabachín; serrarán una peligrosa raíz que lo conecta a la casa, que hurga en los cimientos y amenaza la estructura. La raíz maligna será arrancada. El muñón resinoso nunca sanará del todo.

Hambre II

Hay madres que quieren que sus hijas adelgacen. Las obligan a hacer dietas y las ven bajar de peso con el mismo orgullo con que las vieron crecer o caminar; registran la disminución de los centímetros en la cintura o de los kilos con el mismo fervor que sintieron al hacer las marcas de estatura en la pared de la cocina. Saben que si son delgadas, sus hijas serán aceptadas por el mundo, recibirán de otros el amor que no podrán darse a sí mismas, su cuerpo será codiciado por muchos y envidiado por muchas. Una gordita introvertida, en cambio, no hace sino dar lástima. Nadie quiere tener cerca a una gordita impertinente, pesada, vehemente, impetuosa, impaciente, impulsiva, que mira de manera descarada y toca el mudo con dedos pegajosos. Las niñas normales están rodeadas de amigos, saben encajar. La gordura, en cambio, equivale a soledad, piensan esas madres, lo saben porque se dan cuenta de que ni siquiera ellas quisieran estar ahí. Se sienten defraudadas de que su cuerpo haya parido la encarnación de sus horrores. Aquello que no has de querer, en tu casa lo has de tener, decía la tía Carlotita.

Vasija

Soy su piedra de Sísifo, su gran decepción, el fracaso nuestro de cada día, su eterna mueca, la respiración tensa, el cuello duro, la cabeza que niega en desaprobación: ay, mijita, mijita... Las mujeres somos vasijas para los deseos de los demás. Vasijas frágiles que acaban por romperse.

Movimiento

Mi madre es una mujer hermosa. Mi papá le dice piropos, la abraza, le muerde los brazos rollizos, pero ella siente vergüenza de su cuerpo. Quisiera ser mucho más alta, espigada y esbelta como una de las esculturas del taller. Dice que es fea por parecerse a mi nana, misma nariz, mismos ojos grandes y vacunos, la forma de las mujeres del norte: caderas anchas, muslos gordos, piernas como troncos, cintura estrecha, torso y busto pequeños. Mi madre odia parecerse a su madre y odia que yo me parezca a ella. Le hace la guerra a su cuerpo con dietas, licuados para adelgazar, pastillas, tratamientos alternativos.

Con todo y que odia el ejercicio, a veces vamos al parque Tucson a hacer aeróbics, compra el aparato para los abdominales que parece una máquina medieval para la guerra, pesas, ligas, el videocasete de Cindy Crawford, la escaladora de resortes. Intenta por unos días seguir la rutina y luego se fastidia y la abandona. Pone una bicicleta fija en su recámara que se acaba convirtiendo en percha para ropa de media mugre. Manda la bicicleta a la terraza, donde se llena de polvo y se oxida. El argumento de fondo es siempre el mismo, ya tiene bastante con partirse el lomo cada día y está cansada. El deporte es para gente ociosa, un entretenimiento de gente rica que no tiene nada mejor que hacer y puede pagar la membresía del club. Para ella, todo movimiento debe tener un propósito concreto, producir, servir de algo.

Un verano entramos juntas a clases de natación en la alberca olímpica del CREA. Llevamos el traje de baño que usamos para la playa, compramos gorra y goggles. Cuando entramos a la alberca mi madre se transforma, parece completamente feliz, reconciliada con el movimiento de su cuerpo. Se apropia de ella la niña que creció junto al río y nada a su modo, ignora las indicaciones del instructor. Nada un tramo con la cabeza afuera y brazadas cortas, otro tramo de perrito o de tijera, luego se da la vuelta y nada de dorso, muy despacio, gozando la densidad del agua que sostiene su peso y anula la gravedad. Al final de la clase, su cosa favorita es tenderse boca arriba y hacer el muerto. En eso nadie le gana. Nadie logra tenderse con perfecta horizontalidad sin que se le hundan las puntas de los pies. Ella sí. De eso se puede sentir orgullosa.

Retrato

Mi madre guarda grandes lealtades:

   al jabón Palmolive y a la crema Nivea
   a la leche Sello Rojo y al jamón Corona
   le es fiel al Nescafé, al aceite Capullo
   al hilo Seralón
   Las Maravillas son sus galletas preferidas
   Compra roles de canela en la tienda
   o chorreadas de piloncillo si va a la panadería
   Pinol verde y Ajax, Fabuloso lavanda, Scotch
                        [Bright
   Jabón Lirio de barra para el lavadero
   Confía en el cuidado del Vel Rosita
   le gusta comprar telas en El Nuevo Mundo
   y ropa interior en Laila Íntima
   los brasieres deben ser Playtex, las pantimedias
                        [Dorian Gray
   las camisetas de algodón *Fruit of the Loom*
   Mi madre vive la vida cierta de las mujeres
                        [conservadoras
   Acorazada en la certeza de su dios y de sus marcas

La mujer que cura

El ideal de mujer de mi madre lo encarna la protagonista del western *Dr. Quinn, Medicine Woman,* una mujer madura, viuda y madre de tres hijos, aunque todavía joven; por supuesto delgada y blanca, abnegada pero valiente, puritana. La doctora Quinn es médica en un pueblo de pioneros de Norteamérica. En la peripecia de cada episodio se entreveran los conflictos del pueblo, la vida familiar y su apasionada historia de amor con un indio mestizo, rubio y de ojos azules.

Pasan la serie los miércoles por la tarde, a la hora del café. La postura de su cuerpo frente a la tele: espalda recta y mirada absorta, denotan su entrega a la historia, así como la empatía y admiración que le despierta el personaje, como si una parte de su vida estuviera en el Colorado Springs de 1877, entre carretas tiradas por caballos, vestidos de algodón y tartas de fruta. A mí me corresponde el rol de la hija adolescente que siempre se mete en problemas a causa de su rebeldía.

El mundo de la doctora Michaela Quinn está hecho de esfuerzo, el entorno es al mismo tiempo hostil y bello, la vida es austera, los valores son salvaguarda; un mundo donde ser médica le da un estatus con el que enfrentarse a la arbitrariedad y la estupidez de los hombres del condado. La mujer que cura puede ser de apariencia femenina y frágil, pero su aplomo es invencible, jamás enfermaría, jamás perdería su bella melena castaña de fleco perfecto a causa de la quimio, ni la raparían para una biopsia. Los hondos silencios de la doctora Michaela Quinn ocultan grandes pasiones del corazón, nunca la verdadera imposibilidad de las palabras.

Hambre III

Mi madre desayuna de pie en la cocina. Le da tragos a un café
con leche ya frío y estruja mitades de naranja en una jarra con
tapa de exprimidor. Yo llego a la cocina con el uniforme de la secundaria desfajado, el cabello revuelto, las calcetas abajo, la
mochila abierta colgando del hombro. Ella sirve el jugo en dos
vasos. El grande es para mi padre, que está en la cochera calen-
tando el motor del coche. El pequeño es para mí. Mi madre da
vuelta a las mitades de naranja exprimidas y arranca los gajos
con los dientes y se los come porque es la parte que tiene fibra.
Yo me bebo el jugo y en el fondo del vaso encuentro el polvillo
blanco de todos los días. El suyo es un amor con alfileres. Antes
me resultaba misterioso ese polvo, luego descubrí que se trata
de una tableta machacada de Mazindol, el medicamento de
la cajita morada que toma mi madre para bloquear el apetito. La
descubrí una mañana moliendo el comprimido sobre la tabla de
las verduras y ambas hicimos como que no pasaba nada. Está
bien, si lo que quiere es que no coma, no comeré absolutamente
nada. Regalo mi sándwich. El vacío de las doce me hace sentir
alerta, crispada y fuerte. El hambre es una droga y quiero más.
Quiero desaparecer, quiero alejarme de ella, de su presencia, de
su control, de su semejanza. Comienzo por perder el cuerpo.
A las dos de la tarde me duele la cabeza, pero puedo mantener

el hambre a raya. Mi madre va por mí a la escuela, me deja sola en la casa y regresa al taller. Me dice que coma. Yo ensucio un plato con la salsa de la comida y lo pongo en el fregadero para simular. Llega la noche y mis manos hormiguean, me recorre una electricidad trepidante, el vacío lo llena todo. Me pregunto hasta dónde podré resistir sin morirme. En los sueños hay sombras que me paralizan. Cuando amanezca seré más delgada, volveré a la cocina y tomaré el jugo y la pastilla y así hasta desaparecer. Cuando ella por fin se sienta orgullosa, complacida con las medidas de mi cuerpo, yo habré de desdeñarla, me habré convertido en otra y estaré muy lejos.

Todo árbol que no da buen fruto...[4]

Un día, al volver de la secundaria, descubro que han cortado el tabachín. Mi madre llevaba tiempo quejándose de la basura que producía, de las ramas que caían sobre el tejado, de las raíces que seguían levantando la banqueta y amenazaban la estructura de la casa. Fue su decisión. Vez tras vez nos recordaba que ella siempre había querido un limonero en lugar de aquel desastre de flores derramadas y ramas incontrolables, pero no sospeché que su amenaza fuera verdadera. Bajo del coche en la esquina de la privada porque no podemos entrar, el árbol está derribado a mitad de la calle. Los hombres que lo contrataron desmembran sus ramas con motosierra. Hay serrín tierno por todas partes y huele a savia. El fuego de sus flores se extingue por última vez. El confeti de hojas secas no volverá a celebrar nuestra llegada ni volveremos a tener el amparo de su sombra.

---

[4] Lucas 6:43.

6

Al escribir estas notas siento como si abriera la reja de algo que estuvo contenido durante todo este tiempo, removiéndose en la oscuridad. En nuestras conversaciones sobre el tema, Lola, mi hermana por elección, lo llama el Kraken: es grande, es denso y tiene tentáculos que atacan a traición. Entiendo que no se trata solo de la muerte de mi madre, sino de su vida, de nuestra vida juntas. No es solo el duelo, sino otra herida más honda, una fractura que empezó a abrirse desde los inicios del tiempo. Lo que ahora amenaza con devorarme no es su recuerdo o el dolor de su partida. Es la imposibilidad de restaurar los vacíos de nuestras mutuas ausencias.

Capítulo IV

Deseoso aquel que huye de su madre[5]

---

[5] María Negroni, *El corazón del daño.*

Calle Colón 201, Centro, Oaxaca de Juárez

Pasaron los días sin que la muerte llegara y se hizo necesario volver, había que alejarse del fuego, meter un libro a imprenta, responder correos. Trato de hacer como que todo está bien. Vivo la llegada de su muerte como quien pasa una eternidad de pie, en el frío y en el sol, esperando a que le abran la puerta para entrar al Infierno. Cuanto más se alarga la espera, más me hundo en esta oscuridad. Luego me doy cuenta de que implorar por que esto termine, significa desear su muerte. Tampoco su cuerpo puede más, pero sigue. La inercia de la vida sigue. El sistema de control de la respiración que se localiza en el bulbo raquídeo no ha dejado de trabajar. El cuerpo sabe lo que hace: esconde la función primordial del sostén de la vida en el rincón más inaccesible.

Vivo en un departamento de paredes blancas, con ventanas que ven hacia un patio con más paredes blancas que me dan la sensación de estar en ninguna parte. Solo cuando salgo a la calle me doy cuenta de que me encuentro en el centro de la ciudad de Oaxaca. A veces subo a la azotea para ver los cerros chipotudos de Monte Albán, las cumbres cubiertas de espigas de pasto rosado y comprobar que estoy aquí, suficientemente lejos. Hacia el poniente está el cerro del Fortín y hacia el norte la montaña de San Felipe del Agua, de donde viene la lluvia que este año se ha tardado en llegar. Me cubre un cielo muy azul, una luz que abrasa y enceguece.

Cuando hablo con gente en la oficina trato de aparentar que la agonía de mi madre no me afecta, que puedo seguir trabajando. Corrijo manuscritos con tinta roja, hago llamadas, elaboro cotizaciones, camino bajo los laureles del Zócalo, como blanditas con quesillo y tasajo, nicuatole, pan de yema; me río, voy a bares y a fiestas, como si no tuviera la sombra de un risco a punto de caerme encima, bebo mucho mezcal y despierto al día siguiente entre las mismas paredes blancas, dispuesta a seguir dando de tumbos.

7

Muchos libros acerca de la relación de las hijas o de los hijos con su madre están escritos en segunda persona. También las canciones que ponen en el súper cuando se acerca el diez de mayo, las declamaciones de los niños, algunos poemas. Me siento muy lejos de poder escribir en ese tono, de hablarle a ella, invocarla y por arte de magia lograr con ese artificio la reconciliación. No me convence. No es esa nostalgia la que me mueve a escribir estas notas. Es algo distinto, es el desconcierto de sentir en un mismo cuerpo el amor más desaforado a la par de un odio estúpido y pueril, hacia mí, hacia ella, hacia eso que fuimos cuando estuvimos juntas.

Otros libros

La sala es un lugar adusto. Cuando otros niños vienen de visita se asustan porque parece museo; es oscura y está poblada de fragmentos de esculturas y trofeos que mi padre lleva a casa: un pergamino antiguo, unas babuchas doradas, morteros de bronce, la calavera de un felino, una zalea de oveja. Esta atmósfera espeluznante de casa de los horrores ha sido siempre mi área de juegos. Es aquí donde construyo pasadizos y alcobas con los cojines rayados del sillón. En la esquina hay un librero grande con puertas de vidrio. La llave está pegada en la chapa. Al abrirlo exhala un olor embriagante de laca y papel viejo. Los estantes están llenos de revistas *Atalaya* y volúmenes en pasta dura publicados por la Watchtower: el libro que interpreta el Apocalipsis y el libro de pastas azules que explica por qué la evolución es una teoría equivocada. Están también los pesados libros de arte de mi padre, Bernini, Michelangelo, Villalpando; algunas revistas de arquitectura que conozco de memoria, guías de viajes y los libros de medicina de mi mamá. Quisiera leer más, otras cosas, pero a ellos no les hace falta, el librero es suyo y está completo. Yo soy una intrusa.

Sin embargo, empiezan a caer poco a poco otras semillas que llegan de fuera y enraízan con fuerza: las historias de las *Mil y una noches* y los cuentos de hadas que me cuenta mi prima Minerva cuando me quedo a dormir en su casa, las historias de vampiros de mi prima Érika, las películas aterradoras que no puedo ver, pero que ella me narra de viva voz, y que yo recreo con morbo en mi cabeza. Cada palabra llegada de fuera es una palanca que abre, que expande el mundo parco y estrecho en que vivo.

Uno de los domingos que me encargan con la abuela Carmen descubro entre sus cajones un librito delgado y amarillento que tiene una flor roja dibujada en la cubierta, muy parecida a la rosa de la marca de mazapanes. Son poemas, dice mi abuela. La descarga azucarada de lo que leo me vuelve adicta desde el primer bocado. Me aprendo de memoria «Los motivos del lobo». Declamo en la escuela «A Rosario» y mis padres se sienten orgullosos. Descubro que las palabras tienen poder. Mi abuela Carmen fue maestra rural. Me cuenta que vivió tiempos difíciles; tuvo que defender sus pocos libros de la estulticia de mi abuelo, esconderlos en fundas de almohada en las mudanzas, porque era lo único que amortiguaba los golpes que él le propinaba, lo único que paliaba la precariedad y el hambre. Me habla de los libros como si me hablara de un amante, de una pasión que le dio sentido a su vida, el tesoro más preciado, algo más valioso que el aire y el alimento. Parece como si en secreto mi abuela me dijera: toma, hija, con esto podrás defenderte de la desgracia de ser mujer.

Empiezo a gastar todo lo que tengo en libros usados que voy encontrando en bazares de antigüedades. Al principio, leer es un refugio y una pose, mi modo de llevar la contraria. Leo cualquier cosa, y en cierta forma creo en todo lo que leo porque me enseñaron que la palabra impresa no podía ser cuestionada. De modo que mi soberbia se ampara en un surtido variopinto de libros que voy encontrando al paso: ediciones mal traducidas y mal impresas de clásicos de la literatura universal, superación, esoterismo, leyendas, el *Ramayana*, poemas de Díaz Mirón, de Bécquer, de sor Juana, todo revuelto, sin más criterio que el esnobismo de tener un mundo propio, secreto, al mismo tiempo admitido y reprobado por mis padres. Está bien que la niña lea, pero no tanto que cuestione su fe y los principios de casa.

Con el tiempo, me doy cuenta de que la lectura conforma un nuevo territorio, un lugar donde ella no puede alcanzarme. Para mi madre, cada libro que llevo a casa es un bloque de la muralla que se empieza a levantar entre nosotras. Cuando leo, cuando hablo de los libros que leo, ella me mira de lejos con un dejo de desprecio. Leer es un rechazo al universo de lo doméstico, es lo que irá minando la posibilidad de ser una buena esposa, una buena madre y un ama de casa diligente, aquella que no hace demasiadas preguntas y se conforma, se somete a la voluntad de su dios particular. Es más feliz la que más ignora, dice, pero ni ella lo cree. Es su necesidad de cerrar los ojos.

Necesito más. Busco entre las cajas de trebejos en el cuarto de la terraza, y encuentro un librito sin pasta y sin portadillas. Son historias sueltas. Relatos breves que narran las vidas de la gente del campo y me transportan al rancho con mi nana, puedo sentir la resequedad del aire, el brillo, la luz, el hambre, el miedo, la necesidad de lluvia. La soledad inmensa de esas páginas es mi soledad. Reconozco en ellas el mismo fuego que me quema. Sus palabras son algo cercano que me atraviesa y me pertenece: yo también puedo hacer lo que hacen esos cuentos, pienso, y brota entonces, por sí solo, el anhelo de escribir mi propio llano en llamas.

Primer indicio

Estoy en mi lugar del comedor, una mesa grande y redonda con cuatro sillas, cubierta con mantel de telar michoacano. Me gusta seguir los hilos de colores que se entrecruzan para formar cuadros: azul con amarillo, magenta con azul, magenta con amarillo. Sobre el centro cuelga una lámpara de luz neón. Mi papá dice que la luz amarilla es promiscua, así que puso lámparas tubulares que imitan la blancura de la luz del día y además son ahorradoras. Estamos preparando la revista. Así se dice cuando nos sentamos a leer el artículo de la *Atalaya* que se va a estudiar en la reunión.

Siento algo más pesado y opresivo que el aburrimiento. La tensión de una horma que regula el crecimiento y lo somete; la presión de los brackets en los dientes, la rama atada al tutor, los pies de loto de las geishas. Ese dolor, pero en la mente. Mi padre es quien marca la pauta. Me ordena leer un párrafo, él hace la pregunta que viene al pie, yo señalo las palabras con la respuesta y las subrayamos. Le toca a mi madre leer Efesios 6:2-4. Ella se acomoda los lentes de aumento que compró en el súper, sin prescripción. Parece nerviosa y no se decide a comenzar: honra... honra a tu padre y a tu madre..., recita de memoria. Que es... Las palabras se niegan a tomar forma en sus labios. Que es... Tarda una eternidad. Que es el pri-mer ma...

Se atora. La palabra *mandamiento* está ahí, pero ella no puede leerla y se desespera. Mi padre guarda un silencio solemne y ella se pone más nerviosa. Quiero ayudarla, pero algo me lo impide y me quedo callada también, mirando cómo Jehová le quita a mi madre sus propias palabras de la boca.

Una grieta entre el significado y el signo

Gran parte de las sinapsis que hacen posible el lenguaje humano, el habla y la escritura, se llevan a cabo en el área de Broca, localizada en el lóbulo frontal, del lado izquierdo, y en el área de Wernicke, un poco más atrás, en el lóbulo temporal izquierdo del cerebro. Las afecciones en esa zona pueden ocasionar una pérdida parcial o total de las capacidades de comunicación. Si las afecciones suponen habla telegráfica, repetición, estructura desordenada de las palabras o de la sintaxis, se le diagnostica como afasia de Broca. En estos casos, la persona comprende el significado de lo que se le dice, aun cuando tenga dificultades para expresarse.

Con el sudor de tu frente ganarás el pan

Miento en el formulario de solicitud de empleo, una hoja amarilla con líneas color café que compré en la papelería. En el casillero de la edad escribo dieciséis, cuando ese verano apenas cumpliré los quince. Entrego el formulario en una oficina decadente y me contratan para pasar seis horas detrás del mostrador de la librería Carlos Moya forrando libros con una máquina de resistencia. Extiendo sobre el mostrador el plástico transparente que huele a caramelo y me recuerda a los zapatos Windy's que mi madre no me dejaba usar de niña. Pongo el libro encima para tomar la medida del libro más cinco milímetros de rebase arriba y abajo, y cinco centímetros extra de cada lado para las solapas. Marco la línea de corte, dejo el libro aparte y enciendo la máquina. Hay que tener cuidado para no quemarse. La resistencia sella los cortes. Envuelvo el libro en su nueva cubierta y se lo entrego al cliente.

El verano apenas comienza y la librería se encuentra desierta la mayor parte del tiempo. Llego cuando la cortina metálica todavía está abajo. Toco y entro por la puertecita. Elijo alguno de los libros que hay sobre las mesas y me pongo a leer escondida detrás del mostrador. Es una librería bastante rudimentaria, las losetas del piso están agrietadas y las lámparas de neón que todavía funcionan emiten una luz amarillenta a través de paneles manchados de humedad. El surtido no es muy amplio, hay diccionarios, libros de texto y artículos de papelería, algunos clásicos en traducciones adaptadas para niños, recetarios y superación personal. Mis padres lo presumen como mi primer trabajo, pero para mí eso no es trabajar, es la oportunidad de pasar seis horas fuera de casa. Es el paraíso.

Cuando inicia la temporada de útiles escolares la gente comienza a llegar en hordas a la librería, se agolpa el calor, el bullicio no da descanso. Las madres dejan en el mostrador las bolsas de cuadernos y de libros, los rollos de papel lustre y se van a comprar un helado mientras yo les hago el trabajo. Al terminar mi turno salgo para aprovechar lo que queda de la claridad del día. Camino por las calles del centro, libre, hambrienta, feliz. El aire huele a lluvia y a donas fritas, a florerías y a café tostado.

Una tarde me refugio de la tormenta en el portal de uno de los edificios antiguos del centro. El vigilante abre la hoja del portón y me pregunta si quiero entrar. Por pura curiosidad le digo que sí. Descubro que ahí dentro vive la más hermosa de las bibliotecas, una enorme nave rectangular con dos corredores en lo alto, atestados de libros de literatura latinoamericana. En las bóvedas hay murales de temática agraria y estrellas pintadas en rojo tierra. Repartidas en la nave hay una veintena de mesas de cuatro plazas con luz individual y silencio. Recorro los estantes, tomo un libro y me siento en una de las mesas. Me quito las sandalias para sentir en los pies desnudos el frío del suelo de mármol gris. Mientras leo, me observan impacientes los demás libros. La tormenta termina y comienza a oscurecer. Tengo que volver a casa, con mi madre, al mundo ordinario de las reuniones de los martes, jueves y domingos, de predicar y despertar a gente llena de fastidio, repartir atalayas, repetir hasta el cansancio las mismas palabras. Sin embargo, esta vez el regreso ya no lo es del todo. Ahora tengo un lugar hecho de piedra que es solamente mío, lo guardaré en secreto. No recuerdo haber sentido antes esta forma de felicidad. Salgo a la calle, el viento amenaza con llevarme y yo estoy dispuesta.

«Si alguna vez hubo algo real en mi vida fue precisamente ese nido, opresivo y sofocante, del que había querido siempre, con desesperación, huir.»

MARÍA NEGRONI,
El corazón del daño

El fantasma de la muerte en el ojo

Acompaño a mi madre con el doctor Sayavedra. Su consultorio
está en un edificio vetusto y feo, sobre avenida Federalismo. La
sala de espera es amplia, pintada de beige. Mi madre se acerca
al mostrador y pide a la recepcionista que le diga al doctor que
viene a verlo su exalumna de la facultad. La recepcionista escribe el nombre de mi madre en su libreta y levanta la extensión
telefónica. Cuelga y le dice a mi madre que el doctor la verá en
un momento, que por favor espere. Buscamos un par de lugares
libres entre los muchos pacientes que aguardan ser atendidos en
las sillas arrimadas hacia los muros. Esperamos una eternidad.

El doctor Sayavedra es alto, bonachón y de manos muy lim-
pias y muy suaves, como suelen tener los doctores. Nos sentamos frente a su enorme escritorio de madera de nudos y mi
madre le dice sus síntomas: una sombra en el ojo izquierdo, a
veces, los cambios de luz la confunden, los resplandores, las
luces de los autos en la noche. Le pide que pasen a una revisión.
Una pesada cortina azul ceniza divide el consultorio. Del otro
lado están la silla de tortura, los aparatos, un teatro macabro de
luces que se encienden y se apagan. Yo, mientras tanto, espero
frente al escritorio jugando con los modelos anatómicos: un
globo ocular que se abre por la mitad para mostrar el humor ví-
treo, la córnea, el iris, el nervio óptico. Un cerebro de resina que

se abre por la mitad y en el corte transversal deja al descubierto el tálamo, el cuerpo calloso, el hipocampo y la glándula pineal. Se desprende como ciruela seca el cerebelo y no encuentro el modo de regresarlo a su lugar.

Cuando salen de la sala oscura mi madre parece desorientada. Le pusieron unas gotas que dilatan la pupila. Vuelve a sentarse en la silla del escritorio. El doctor pide algunos estudios para comprobar el posible diagnóstico de inflamación por una infección viral, le receta medicamentos y le pide regresar en quince días. Seguiremos regresando a este lugar los siguientes cuatro años.

Sentido contrario

Una mañana, mi madre se levanta de mal humor. No me habla ni sé en concreto qué cosa la hizo enojar, pero siento su furia en la dureza de su respiración, en sus movimientos. Golpea el vaso en la mesa y la puerta de la alacena, la colma esa prisa innecesaria hecha de desesperación. Bebo el jugo de naranja en silencio y salgo a la cochera, abro el cancel. Mi madre sube al coche, da un portazo, pone reversa y sale. Yo cierro el cancel y subo al asiento del copiloto. Vivimos en una calle cerrada y a veces es necesario salir en reversa hasta el entronque de la esquina. Cuando llegamos a la calle principal mi madre tuerce el volante hacia el lado opuesto y sigue avanzando en reversa, cada vez más rápido: el cuerpo torcido, el brazo derecho sobre el respaldo y los globos oculares tensos para ver por el vidrio trasero. El coche culebrea hacia un lado y otro, a punto de chocar. Mamá, ¿qué haces?, le pregunto alarmada, pero ella da vuelta en la esquina siguiente, de nuevo con la parte trasera del coche por delante y acelera. ¡Mamá, ya por favor! Avanza dos cuadras más, así en reversa. Un coche se frena en el crucero para no chocar con nosotras y hace sonar la bocina. ¡Mamá, qué haces! El hombre grita algo por la ventanilla, pero ella lo ignora, sigue en reversa hasta la avenida y frena. Me mira con ojos llenos de furia: ¿quieres hacer siempre las cosas al revés, no?

Mitosis

Se llama así al proceso de multiplicación celular por división. El material genético del núcleo se duplica y los cromosomas se ordenan en el plano ecuatorial de la célula. En clase de biología nos pidieron dibujarlo, nos mostraron las imágenes de una célula en proceso de partirse en dos: profase, metafase, anafase, telofase e interfase. Uso los plumones para marcar el contorno del citoplasma expandido en dos extremos, un color distinto para el material genético y las fibras tirantes del huso desgarrando por la mitad el cuerpo gelatinoso. Los cromosomas han perdido la calma circular de su núcleo contenido y se han ido en sentidos opuestos, a cada conjunto parece atraerlo una fuerza irrevocable. Así, cada una tiende hacia su polo, cada una va en busca de su centro, quiere ser y para ser hay que oponerse, hay que partirse en dos. Al final la mitosis se completa con la división del citoplasma, en el caso de las células animales, por estrangulación. La célula de antes ya no existe, ahora son dos entidades nuevas, ambas toman su lugar en el cuerpo que conforman, y que es su universo. Ser hija es andar en sentido contrario; es huir en dirección contraria al destino sin saber que con nuestra huida estamos dando cumplimiento al vaticinio.

Perséfone

Conocí a Hades por casualidad, vivía en el mismo barrio. Un día yo estaba recolectando flores cuando nos encontramos. Sentí curiosidad de verlo tan distinto, tan ajeno a mi mundo aburrido y terso. Me habló de la oscuridad y sentí fascinación por conocerla, quise tocar los gusanos, el moho, la podredumbre, quise respirar las esporas que degradan lo que estuvo vivo y sentir en mi rostro el aliento umbroso y frío de la caverna a donde fuimos descendiendo muy lentamente.

Me dijo ven a vivir conmigo, vamos a casarnos, voy a liberarte de esa estúpida torre, viajaremos por el mundo y conocerás la muerte sin estar muerta, conocerás el mal, se hundirán tus pies en el barro, serás la reina de tu propio mundo de larvas y hongos y lombrices de tierra. Le dije que sí.

Nos fuimos muy lejos, a las montañas. Rentamos una habitación en un hotelito muy pobre. El agua de la llave estaba tan fría que me dolieron las manos cuando intenté lavar algo de ropa. Tenía mucha hambre. Él extendió su mano y me ofreció seis semillas de granada. Luego nos recostamos a ver la televisión. Hades era músico. Tocaba en bares y restaurantes mientras que yo me quedaba encerrada con llave. Por mi seguridad, decía. Sabía que mi madre me estaba buscando, pero tampoco yo quería que me encontrara.

Al final, Hades habló por teléfono con su padre, y él le ordenó regresar. Devuelve a la muchacha, es lo mejor. Tomamos un autobús. Yo llevaba un gatito escondido debajo de la solapa de mi chamarra y me aferraba a él como si fuera mi propio corazón peludo y vulnerable fuera de mi cuerpo. Al mirar por la ventana veía los campos completamente secos y pensaba: el mundo y yo hemos probado la oscuridad, la muerte anidó en nuestros labios resecos. Ahora podrá florecer con un sentido nuevo, la promesa del final.

Calle Colón 201, Centro,
Oaxaca de Juárez

Estoy en mi departamento de paredes blancas, sobre un futón tendido en el suelo. Busco el alivio del sueño y duermo más de la cuenta, doce o quince horas. El cansancio que siento no viene del cuerpo, pero castiga y merma como si hubiera trabajado en las pizcas. Cuando despierto me quedo muy quieta mirando el vacío, con los ojos cerrados para evitar el parpadeo. Logro contener la respiración, apenas un hilo de aire. Puedo sentir la vida concentrada en un punto entre el estómago y el pecho, un calor diminuto que reduzco hasta darle una dimensión material: esto de aquí es la fuerza que me anima. Imagino entonces que la chispa escapa como un pájaro al que le abren la jaula. Se desprende cansada de habitar en mí y regresa al lugar de donde vino. La idea me produce alivio. Esto debe ser la muerte: todo se detiene, todo se hunde y desaparece, hasta la respiración. Pero pasa el tiempo y la chispa sigue en su lugar, muy quieta. También siguen la respiración y la carrera de la sangre en las venas, la electricidad de un nervio a otro, el peso y el vacío. Al momento siguiente, con el primer movimiento de uno de mis músculos voluntarios, sucederá ese otro despertar. La vida persiste aun cuando no tenga razón de ser. A la vida le tiene sin cuidado el sentido que le demos a las cosas.

La primera traición

Mi madre estaba dispuesta a mantener en mí una esperanza todavía, incluso cuando me enredé con aquel tipo, el charlatán manipulador violento celoso mitómano farsante, incluso después de haberme fugado con él por unos meses. Incluso después de haber perdido la maleta verde y el suéter de alpaca que tanto le gustaba, mi madre estaba dispuesta a recuperarme.

Lo que la hizo darme por perdida fue esta serie de acciones concretas: ponerme de pie ante la ventanilla de trabajo social, pedir mi formato de solicitud a la carrera de medicina debidamente requisitado y con el puntaje necesario para entrar, caminar varios kilómetros hasta llegar al edificio de humanidades, ponerme de pie ante la ventanilla de la carrera de letras, entregar el formato con la petición de cambio, volver a casa y guardar silencio.

«La escritura me salvó de creer que una
persona como yo solo podía obedecer;
no exagero si digo que la escritura me dio
un cuerpo y supe lo que debía hacer.»

BRENDA RÍOS,
«Quiero hablar con dios pero
apareces tú, madre»

Punto de partida

Mi madre debe suponer que se trata de una confusión propia de la edad, otra de las estupideces orquestadas por el maniaco de mi novio o uno de mis frecuentes tumbos: ay, mijita, mijita. Me pide que suba al coche. Esta vez no avanza en reversa, aunque de nuevo en sus ojos hay furia y una desesperación todavía más honda. Se contiene y conduce con calma hacia la zona más adinerada de la ciudad. Yo no sé a dónde, pero me resulta sospechoso su silencio. Llegamos a la universidad de paga, la primera universidad privada en el país, fundada por empresarios en oposición al proyecto educativo socialista del gobierno de Lázaro Cárdenas. Los fresas, los junior, los hijos de papi van aquí. Los que son rechazados en la pública y pueden pagar. «Trasciende con valores», dice el letrero en la entrada. Avanzamos entre las calles del plantel, rodeados de pasto y setos perfectamente recortados. Mi madre se estaciona y bajamos a caminar.

Estoy dispuesta a hacer lo que sea, dice, lo que sea. Te pago la carrera con tal de que no eches tu vida a perder. Porque todo nuestro esfuerzo lo estás echando al escusado, mijita.

Es ridículo, pienso. La mensualidad cuesta alrededor de treinta mil pesos, y a eso hay que sumar los materiales, la ostentación de un estilo de vida, el coche propio, la ropa. La cifra es ridícula para una familia donde las sobras de la comida del lunes salen el jueves y el precio de los zapatos tiene un límite bastante modesto. Siento muchísima vergüenza ante la súplica de mi madre. No tengo palabras para explicarle que encontré algo legítimamente mío y también yo estoy dispuesta a hacer lo que sea para defenderlo.

Mijita

Es curioso que la palabra *mijita*, siendo una contracción de *mi hijita*, no connota cariño como el posesivo y el diminutivo podrían sugerir. El apelativo *mija* es de uso común en el norte de México, pero en su forma diminutiva *mijita* supone ironía y se emplea para hacer una sutil (o no tan sutil) reconvención moral a una mujer de la familia. Por ejemplo, cuando asistimos a una boda y nuestra tía dice: ándele, mijita, apúntate a cachar el ramo, a ver si así encuentras marido. El apelativo se suele emplear en un contexto informal y cualquier persona cercana puede usarlo. Sin embargo, dependiendo del contexto, cuando una madre dice a la que, en efecto, es su hija: *ay, mijita, mijita,* la implicatura puede hacer referencia a una honda decepción.

Semidesierto

Mi madre tenía la dureza de las mujeres del norte, de los cuá-
queros y los puritanos, la aridez del territorio donde nació, un
carácter que no daba lugar a contemplaciones, a la condescendencia o a la ternura. Mi madre fue una mujer áspera y franca.
Tenía en sus manos el poder de la vida y de la muerte, aunque
eligió la vida, el juramento hipocrático, curar el dolor existen-
cial de mi padre. Con madres así, una crece sintiéndose capaz
de cualquier cosa. De romper, de traicionar, de negar al dios
que le inventaron con tal de obtener la libertad.

8

La escritura de estas notas es un ir y venir con la marea que a veces arrastra a lo profundo y otras veces ayuda a salir a flote. A veces me arrepiento de haberme alejado de ella, de haber dicho que no a su legado. A veces siento que con mi retirada cumplí su designio. Me negué a ser lo que el mundo pedía de nosotras, una víctima, una esclava, una sirvienta, la segunda de a bordo, la que limpia, la que sacrifica, la que baja la voz, la que agacha la cabeza, la que acata, la que llora, la que se conforma, la que se somete, la que aguanta, la que secunda, la que se queda atrás, la que respalda, la que se calla, la que desprecia su propio cuerpo. Si eso es ser una mujer, prefiero ser otra cosa, dije. Ser hija a veces se siente como una traición.

Matrofobia

Es el miedo a convertirnos en nuestra madre. Miedo a reproducir su debilidad, los patrones de sumisión, el bajo valor que le adjudicó el sistema patriarcal y las estrategias que decidió usar para acoplarse a su tiempo y sobrevivir. Es el miedo que vimos en ella, que aprendimos de ella, cuando se daba cuenta de que se estaba convirtiendo en su madre.

On the edge of the land and sea

Ir juntas a comprar zapatos es un martirio. Cada vez intentamos que no lo sea. Cada vez volvemos a pensar que será algo lindo, una de esas actividades que unen a las madres con sus hijas y las vuelve cómplices, Loralay & Rory, Ginny y Georgia. Pero invariablemente acabamos peleando. En mi caso, porque no sé lo que quiero, y si llego a saberlo, si quiero, por ejemplo, unas botas Doctor Martens, unos zapatos Alp, unos tenis Charly, ella dice siempre su rotundo no. Es una madre generosa que trabajaba para comprarle zapatos a su hija, pero obviamente eso aplica únicamente para el tipo de zapatos que ella quiere, calzado femenino que me haga ver como la mujercita refinada que pretende que sea.

En su caso, la impaciencia viene de ser una compradora demasiado exigente. Las cosas deben obedecer plenamente a su capricho. Le gustan los zapatos de diseño conservador, que no pasen de moda con la temporada, de piel muy blanda, con tacón de dos, máximo tres centímetros, cerrados, pero sin costuras por dentro. Negros, azul marino o café claro. Tan pronto como la empleada le lleva el modelo que pidió, ella mete la mano por debajo de la lengüeta y toca a conciencia. Si el zapato tiene costuras ni siquiera se lo prueba, lo devuelve con un gesto despectivo y tenemos que seguir nuestro cansado vagar de una tienda a la siguiente. Aun cuando el zapato sea perfecto, si le parece demasiado caro, se rehúsa a comprarlo. Tiene con qué pagar, pero sus referentes de precio se aferran a otro tiempo. Es lo que cuesta un par de zapatos, le digo, si quieres yo te los regalo, pero ella asume una postura rígida, se pone tensa y sale de la tienda sin esperarme. A mí me da mucha vergüenza dar la cara a las empleadas, pero sobre todo me irrita el gesto de tacañería hacia sí misma, que se niegue lo que necesita con tal de mantener a raya su régimen de austeridad.

La única vez en que mi madre y yo vamos a comprar zapatos sin que haya peleas es cuando hago los preparativos para irme a una residencia de investigación en Oaxaca. Necesito unas botas de montaña. Ella no pone reparo en comprarme unas Siete Leguas color azul petróleo. Pido llevármelas puestas y salgo caminando con ellas dispuesta a devorar el mundo calzada por ese gesto suyo de aprobación.

«A mother and daughter are an edge.
Edges are ecotones, transitional zones,
places of danger and opportunity.
House-dwelling tension. When I stand
on the edge of the land and sea, I feel this
tension, this fluid line of transition.
High tide. Low tide.»

TERRY TEMPEST WILLIAMS,
When women were birds

Seminoche

Yo manejo y mi madre va de copiloto, apalancando los pies en el piso del coche, con la respiración contenida y el cuerpo tenso, puja cuando considera que debí haber frenado con mayor cautela. No le gusta que sea yo quien maneje, pero no le queda de otra, el médico le dilatará las pupilas y le inyectará cortisona en el globo ocular. El fantasma ha crecido y casi no puede ver. Se ha hundido en su propio ocaso, aunque no quiere decirnos qué tanto. Está segura de que su problema de la vista se debe a un virus que debió contraer a causa de alguno de mis gatos.

El doctor Sayavedra nos hace pasar. Mi madre entra a la sala oscura y se acomoda en la silla de tortura para el espectáculo de luces. Las inyecciones de cortisona le regalan unos días de claridad, pero después el fantasma crece y las penumbras vuelven, se cierran sobre ella como un bosque. Dice que hay sombras que la acechan por las orillas del campo visual, que le da miedo la proximidad de la noche, esa luz ambigua y azul que amenaza con hundirlo todo en la oscuridad.

A pesar de su debilidad visual, de vez en cuando sigue saliendo en el coche a llevarle de comer a mi padre o hacer algún mandado, continúa haciendo las compras y encargándose de las muchas cosas que hacen las madres para mantener la vida

de los otros. Así es ella, si las sombras se le aparecen, las pesca
por el cuello y las pone a trabajar.

Conjuro

Mi madre sabe que lo de la residencia de investigación en Oaxaca no es más que un pretexto para huir de casa, así que decide venir conmigo. Los primeros días nomás, dice, solo para ayudar a que te instales y ver con quiénes vas a estar. Amar y controlar se parecen mucho. Detesta la idea de que estudie literatura en lenguas originarias. Qué le vas a estudiar a esos indios, dice.

Llegamos a una pensión en la calle Humboldt: una cama, un baño, una cocineta con frigobar. Ella quiere que hagamos cosas juntas, pero a su modo: regateando a los artesanos, despreciando la pobreza de la gente, escatimando el gasto. Cuestiona a mis nuevos amigos por su aspecto físico o su color de piel. Sus desplantes me avergüenzan. En este momento la odio. Creo que si me dijeran: tu mamá tiene un tumor en el cerebro y va a morir dentro de siete años, me daría lo mismo. Lo único que quiero es que se vaya, que me deje tranquila.

Los días se vuelven semanas y ella no se va. No la soporto. Su presencia me quita el aire. Estoy en la cama, con resaca porque anoche bebí demasiado mezcal. Estoy mareada todavía y no puedo despertar. Desde muy temprano, la presencia impaciente de mi madre recorre la habitación. Aburrida de esperar, sale a la tienda y me quedo por fin sola por un momento.

Cuelgo la cabeza por la orilla de la cama y veo sus zapatos de punta hacia la puerta. Se me desborda el odio y les grito: largo, largo, que se largue. El conjuro funciona. A los pocos días, decepcionada, mi madre hace su maleta y se marcha. A partir de entonces comienza la vida.

«To accomplish this split from the mother, many young women make their mothers into the image of the archetypal vengeful, possessive, and devouring female whom they must reject to survive.

Geographical separation may be the only way to resolve the tension between a daughter's need to grow up and her desire to please her mother.»

MAUREEN MURDOCK,
The heroine's Journey

Calle Benito Juárez 148,
San Francisco Cajonos

Vivo en la Sierra Norte de Oaxaca. Don Lucadio, el abuelo de mi novio Olaf, me recibe en su casa. Le ayudo a cuidar a las gallinas y enciendo el fogón en las mañanas, cuando la niebla baja del cerro de La Mesa y camina por las calles y entre los cafetales. El poblado se llama San Francisco Cajonos, pero a ella no le digo el nombre para que no pueda encontrarme. Me pide cuando menos un teléfono, y le doy el de las oficinas de la presidencia. Me vocean en los altavoces de las calles, y yo subo a tomar su llamada, le digo que estoy bien. No digo: déjame en paz, ma, pero con otras palabras sí. Pasan varios meses en los que ayudo a Olaf a limpiar su terreno y sembrar magueyes, consigo trabajos esporádicos como correctora de estilo. Tengo dos gatos: Misho y Rita, la casa se llena de pulgas y debo lavar el suelo con creolina. El abuelo Lucadio mata un cerdo y disponemos de su carne; trabajo en la cosecha de los cafetales, muere la mamá de mi amiga Che y ayudo a cocinar para su funeral; sigo a la banda del pueblo a todas las fiestas y ceremonias, aprendo los pasos básicos del son y bailo con todos los hombres mayores de la comunidad: mis manos sobre sus manos ásperas. Instalan una línea telefónica en la tienda. Desde el mostrador pido marcar el número de la casa de mi madre y hablo con ella unos minutos mientras veo detrás del cristal las cajas de Chiclets, Mazapán de la Rosa, Duvalín y Bubbaloo. De este lado, las montañas, la música, el olor a humo. Del otro lado, su reproche. Pero al colgar la bocina, ella y su voz desaparecen. O soy yo quien desaparezco al quedar fuera de su alcance. Dejo de existir para ella y comienzo a existir para mí. Al bajar por el camino de tierra que lleva a la casa de don Lucadio siento como si mis pies se levantaran del suelo. Es verdad lo que dicen, el mundo es un lugar muy grande y es posible perderse.

«A woman moves down into the depths
to reclaim the parts of herself that split off
when she rejected the mother and shattered
the mirror of the feminine.»

MAUREEN MURDOCK,
The heroine's Journey

Narciso Mendoza 321, Jalatlaco

Rento una casa pequeñita, al final de una calle cerrada, en el barrio de Jalatlaco. Los que la construyeron le robaron dos metros a la vía pública para la recámara. Digo de chiste que duermo en la calle, porque en sentido literal así es. Sin embargo, nunca me he sentido tan a salvo como en esta caja estrecha y calurosa. La ventana de mi cuarto es redonda como escotilla, el vidrio es azul, del otro lado de su fondo marino se alcanza a ver el cerro del Fortín. Duermo sobre una colchoneta y guardo mi ropa en un canasto de mimbre. En la sala hay una hamaca y nada más. Cocino en una estufa de resistencia. El comedor es un banquito de madera. El retrete se tapa con frecuencia y a veces falta el agua, pero las dificultades aquí tienen un sabor muy dulce. El pago de una de mis correcciones alcanza para comprar un refrigerador pequeño. Adopto a una gatita color chocoflán a la que llamo Irina.

Le digo por teléfono a mi madre que estoy rentando una casa en la ciudad de Oaxaca y entonces ella se da cuenta de que mi intento de vida va en serio. Dice que me va a mandar algunos de los muebles de mi recámara: el restirador, la silla de rueditas, la mecedora y algo que no esperaba: una estufa nueva marca Bosch de cuatro quemadores, con horno. En la siguiente llamada le digo gracias, pero siento que no es suficiente.

No encuentro la manera de reconocer, ni siquiera para mí misma, lo que su regalo significa.

«The descent is characterized as a journey
to the underworld, the dark night of the
soul, the belly of the whale.»

MAUREEN MURDOCK,
The heroine's Journey

Avenida Independencia 106, Barrio de la Soledad

Vivo en una vecindad antigua. Estoy sentada en el escalón de la entrada de mi departamento, mirando hacia el patio, el muro altísimo de cantera verde que delimita la propiedad. Los hombres del flete vinieron a traerme un sillón, el primer mueble grande que compro para mi casa; lo dejaron en la sala y acaban de irse. En ese momento llama mi madre y me quedo sentada en el escalón. Pienso que me va a hacer algún reproche y contesto tratando de ocultar mi fastidio. Quiero contarle del sillón: es de piel, color chocolate, de tres plazas. Pero ella suena tensa y no digo nada, pregunto qué pasó. Ella dice: parece que me encontraron una bolita, me tienen que hacer una biopsia. Pienso que es otra de sus artimañas para obligarme a ir, que me chantajea y me echa en cara que soy una mala hija, que la abandoné, que soy egoísta; porque claro que soy egoísta y pienso que el hecho de que tenga una bolita también se trata de mí, de mi ausencia, de mi mal comportamiento. ¿Bolita? ¿En dónde?, pregunto. En la cabeza. ¿Cómo en la cabeza? ¿Biopsia? ¿Cómo biopsia? Mi madre no me explica, da rodeos, trata de minimizar la situación, pero insiste: ¿Cuándo podrías llegar? Me levanto y voy a buscar el calendario. De nuevo el fastidio. Por qué no puede dejarme en paz. Si me doy prisa, podría entregar el libro en el que estoy trabajando el viernes y estar allá el fin de semana. La biopsia es el jueves. Solo es una biopsia, pienso. Qué tan complicado puede ser. No sé si alcance, pero haré el intento. Está bien, como tú veas. Me parece que lo dice de forma pasivo-agresiva y se me enciende el pecho de rabia. Nos despedimos y cuelgo. Voy a la cocina por un cuchillo para romper la envoltura del sillón que huele a cuero y a nuevo.

Ventana

Mi madre tiene varias expresiones crueles. Una de ellas es «matriz que no da hijos, da tumores». Otra, «coco que se abre, coco que se pudre». El astrocitoma está instalado en el área de Broca. La biopsia tronchó la raíz del lenguaje y las palabras van y vienen a capricho, como los sueños. La biopsia abrió una ventana y por esa ventana escaparon las palabras como pájaros. Escaparon muina, bichi, pelbe, wari, yori, y escapó la música de su acento sinaloense. Cuando las palabras escapan, el mundo exterior se queda en silencio y el mundo interior

9

La escritura de estas notas es un intento por entender. Trato de discernir quién fue mi madre para reconocerla y reconocerme en ella. En pocas circunstancias el ejercicio de la empatía es tan difícil como en la relación de las hijas con sus madres. No siempre logramos amar a nuestra madre más allá de la idea de madre como instrumento de supervivencia, como alimento y calor y casa, protección, guía y dádiva. La figura de la madre está detrás de nosotras como una sombra, un monstruo, un árbol, una capa. No somos capaces de verla, está demasiado cerca, su dimensión carece de límites. Para sentir empatía hacia alguien hace falta ver a ese alguien como un otro, darse la vuelta, verlo de frente y preguntar: ¿quién eres? ¿Quién eres tú, madre?

Cuando me di la vuelta, mi madre ya no estaba

Piso seis de la torre de especialidades del Centro Médico de Guadalajara. Podría decir que cuido de ella porque hago todo lo que se hace para cuidar a una persona hospitalizada. Intento ser útil, actuar como si en alguna parte de mi mente estuvieran los conocimientos necesarios para cuidar de alguien que no puede ocuparse de sí.

Por las noches el hospital duerme su pesadilla de voces, murmullos, lamentos y toses, pasos presurosos de enfermera, rueditas. Desde mi puesto en una silla de vinilo roto contemplo la montaña verde de su cuerpo cobijado con la manta de lana del IMSS. Una montaña cálida que respira de forma acompasada.

Desde las siete de la mañana hay un agitarse de los cuerpos, la vida que llama al movimiento, a la chis, a la tos, al escupitajo. La enfermera hace su ronda, pasan a dejar el desayuno, y más tarde vienen a verla el médico y los residentes. El neuropatólogo observa las radiografías, examina sus pupilas y le habla sin esperar respuesta. Me hacen preguntas que respondo con torpeza. Veo las radiografías a contraluz intentando descifrar lo que sucede en el cerebro de mi madre, el agujero negro que lo imanta todo, el vacío que nos devora.

Son las diez y la habitación se sofoca. Un hombre trata de abrir la ventana. Es el hijo del señor de la cama de junto, que de un día para otro ya no pudo caminar, sus pies le desobedecieron, los huesos y los músculos están bien, pero su cerebro dejó de dar la orden. El muchacho forcejea con el marco de aluminio de la ventana. No abre más, le digo, solo llega hasta ahí. Me mira como si yo fuera la culpable de que la rendija tenga un tope que impide abrir más de quince centímetros.

Hace algunos meses, cuando mi madre todavía tenía algunas palabras, cuando todavía despertaba y decía mi nombre y comía sólidos, en una ocasión le dio por señalar la rendija de la ventana con insistencia. Levantaba el índice y me lanzaba una mirada traviesa al tiempo que decía: si cabe la cabeza... Solía decir esa frase cuando alguien quería colarse por un espacio estrecho: si cabe la cabeza, cabe todo el cuerpo. Al principio no entendí, creía que era una más de sus incoherencias. Mi madre repetía aquella frase y alzaba las cejas hacia la rendija de la ventana del sexto piso.

Ahora pienso que dentro de sí encontró una rendija por la que cae hacia la oscuridad: dentro de su cabeza su cabeza cupo y cupo su cuerpo y el mío, las palabras y el sentido de todas las cosas. Todo se precipita hacia ese agujero negro y desaparece.

Anestesia

Hay una gran fiesta en el Jardín Etnobotánico de Oaxaca, una fiesta elegante, con tiendas blancas, mantelería y centros de mesa; una fiesta para escritores, con menú de cuatro tiempos y mucho alcohol. Yo estoy sola y bebo mezcal, un vasito tras otro, sin sal de gusano, sin naranja.

Andrés Neuman, el prestigioso escritor argentino viene hasta donde estoy para saludar, porque Andrés es amable con todo el mundo. Apenas nos conocemos, yo soy una empleada de la editorial, la correctora de estilo, la mujer que llama para pedir cotizaciones en la imprenta. Él pregunta por mi familia y acabo contándole de mi madre y su enfermedad. ¿Qué es lo que tiene? Yo respondo: cáncer en el cerebro. Es la primera vez que lo digo con esas palabras, sin preámbulos y sin incertidumbre. También es la primera vez que reparo en ese gesto que hacen las personas cuando escuchan el diagnóstico: contraen los músculos de la cara como si estuvieran ante un accidente aparatoso. Para atenuar el impacto y suavizar la situación explico que está en tratamiento, que ya está recibiendo quimioterapia y radioterapia: vamos a ver qué pasa. Andrés dice: ¿cómo que vamos a ver qué pasa? Tú sabes lo que va a pasar. Lo sabes, ¿no?

No lo sé. No quiero que la muerte sea una posibilidad. Andrés sonríe e intenta confortarme: en estos casos lo único que queda es amar, cuidar y despedir, dice. Yo no he sido capaz de hacer nada de eso. Agradezco su gesto con una frase evasiva. Pasa el mesero y le pido que llene mi vaso.

Espejo

Una de las ocasiones en que acompañaba a mi madre en el hospital, mientras vigilaba su sueño observé sus manos y me di cuenta de lo exactamente iguales que eran a las mías: el pulgar largo, la forma afilada de las puntas, la manera en que se curva hacia dentro el índice izquierdo, el tamaño y forma de cada uña, los canales en la queratina. Me di cuenta del modo increíblemente preciso en que los caprichos de su cuerpo se repetían en el mío. Sus manchas de la edad serán mis manchas, la fragilidad de sus venas es igual a la mía. Podía sentir el dolor de las agujas hipodérmicas clavadas en su piel. Ella es yo y yo soy ella, pensé. Soy yo la que se muere, una parte de mi propio cuerpo se está muriendo. Quizá también ella en algún momento al ver nuestra semejanza habrá pensado: una parte de mí seguirá viviendo cuando yo me vaya.

Capítulo V

La jornada de su muerte

Siento el amanecer en los huesos, antes de que la luz se filtre entre el verde bosque de las cortinas de la sala. Despierto y pienso «¿habrá pasado ya?». Tendí sobre la alfombra los cojines rayados con que de niña construía pasadizos y alcobas. Duermo aquí porque mi tía Marthita ocupa la que fue mi recámara, la del piso color melón. Me levanto del suelo como se levantan los perros y las vacas, mis patas de mamífero de nuevo sostienen el peso de mi cuerpo, recupero el equilibrio y camino soñolienta hacia el baño. No puedo usar el del pasillo porque tiene puesto el asiento especial que usa mi nana, así que voy al de la recámara de mi madre. Ella no está. Se la llevaron al hospital a recibir a la muerte. Fue mi nana quien me hizo saber de la inminencia. Mi padre se reservó la noticia. Pienso que de haber sido por él me habría llamado después de que mi madre muriera para hacerme sentir más culpable. Por suerte mi nana sabe leer el tiempo y sus señales. Ahora estamos aquí las tres sosteniendo la punta del hilo. Mi padre pasa las noches en el hospital. Yo en un rato más iré a relevarlo.

Está abierta la cortina de la ventana donde mi madre vio amanecer la mayor parte de las mañanas de su vida. De pronto, el cielo se vuelve rojo. No hay literatura en esto, no hay metáfora, no hay intención de crear una imagen, simplemente es así, la luz adquiere el color de una mejilla de durazno maduro; la atmósfera proyecta esa gama de acuerdo con el clima, los gases y la inclinación de los rayos del sol. Los viejos que llevan mucho tiempo observando el cielo saben si eso significa que hará fresco en la tarde o caerá granizo o tormenta. Estamos en junio.

15 de junio

Yo no sé mucho de previsiones climáticas, pero sé que mi madre acaba de morir, que se despide con la luz de ese amanecer color seda de damasco, sal del Himalaya, sangre disuelta en nube. Mientras orino, apoyo los codos en las rodillas y miro el vacío que se abre ante mí, no siento nada ni pienso nada. Son otros ojos dentro de mí los que miran el fondo del abismo. Yo, la real, me amparo en la luz que lo enrojece todo desde la puerta abierta del baño. Cuando salgo, el efecto del color termina. La ventana filtra la luz de una mañana ordinaria. Fue solo una suposición, pienso. Si mi madre hubiera muerto, mi padre ya habría llamado. Oigo una tos, un gorjeo de gorriones, las campanadas del templo de la Guadalupana. Salgo de la recámara de mi madre. Timbra el teléfono, es mi padre.

«Te vi partir dejando un cráter
                    [en el lugar del mundo.
Estaba y no estaba preparada.
¿Para qué?
Para el alivio, el vacío, el horror
                              [de no sentir.
Ya no habrá reparación.

También esto no lo entiendo: cómo alguien
existe, hasta cuando no está.»

María Negroni,
El corazón del daño

Mientras camino por los pasillos del Hospital General Regional 45 escucho una voz en mi mente que dice «esto es real», y me amparo en esa parte de mí que parece saber perfectamente cómo se vive la muerte de una madre. La otra parte, la que no puede dar crédito a las cosas, se queda congelada detrás del cristal de mis ojos. No piensa ni siente ni habla, solo sabe contenerse, solo le alcanzan las fuerzas para contenerse y lo hace bien. Puedo confiar en ella, es barrera, es muralla, la oscuridad se queda de ese lado, la realidad sigue firme debajo de los pies, podemos seguir caminando.

Encuentro a mi padre recargado contra el muro, junto a la puerta de la habitación. El abrazo es breve y frío. No dice nada. Él también es barrera, la parte de él que siente debe estar refugiada detrás del cristal de sus ojos, paralizada, diciendo «esto es real». Mi padre extiende la palma de su mano hacia la puerta de la habitación para invitarme a entrar. Es un gesto que lo caracteriza, un gesto muy suyo con el que impone al otro la dirección que debe tomar, un gesto solemne, que parece decir: he aquí tu madre muerta, ve y enfrenta la parte de realidad que te corresponde. No me puedo rehusar. Entro a la habitación. Mi madre parece igual de ausente que los últimos meses, quieto el compás de su pie desnudo, sus manos, que son mis manos, descansan en los costados, quiero estrecharlas a modo de despedida, pero me niego a constatar la rigidez y la frialdad. Me siento ridícula y tonta y no sé qué hacer, no sé dónde poner mismanosquesonsusmanos, avergonzadas de seguir vivas, así que las escondo en mi propio abrazo y descubro que ese abrazo me sostiene. Esto es real. Me doy la vuelta y salgo y me quedo yo también recargada contra el muro, a un lado de la puerta, junto a él.

10

Mientras escribo estas notas, mismanosquesonsusmanos se observan: la derecha toma el lápiz, la izquierda sostiene el papel. Parecen apenadas, nerviosas y risueñas de que las mencione, de escribirse a sí mismas. Reconozco a mi madre en los pliegues de mis nudillos, en la miniatura del meñique. Empiezan a florecer sus pecas sobre la piel del dorso. En este cuerpo mi madre se escribe a sí misma. Se manifiesta viva, mientras que yo voy aprendiendo a vivir su muerte.

Dos enfermeras con sábanas blancas colgadas del antebrazo entran en la habitación y cierran la puerta. Con seguro. Dentro, llevan a cabo el proceso de amortajamiento, que consiste en una serie de pasos puntuales: 1- Quitar los drenes, el catéter o cualquier otro implemento conectado al cuerpo del fallecido. 2- Ocluir los orificios con tapones de algodón. 3- Atar la mandíbula con una venda que va del mentón a la coronilla como si se tratara de un dolor de muelas. 4- Atar con vendas las muñecas cruzadas una sobre la otra, y los pies cruzados uno sobre el otro. 5- Poner debajo del cuerpo una sábana en diagonal, en forma de rombo. 6- Enrollar la punta superior de la sábana para envolver con ella la cabeza de manera que quede descubierto el rostro, para ello se pegan con cinta adhesiva los extremos bajo el mentón. 7- Tensar los costados de la sábana sobre el tórax de manera superpuesta y envolver el cuerpo. 8- Tensar la sábana en las extremidades inferiores y asegurar el envoltorio con cinta. 9- Atar por fuera los tobillos con otro tramo de venda. 10- Colocar etiquetas de identificación en el pecho y en los tobillos por fuera de la mortaja.

Salen las enfermeras y nos dicen que en un momento más vendrán por ella los camilleros. Durante todo ese tiempo mi madre se queda sola. Amortajada y sola. Nosotros no nos atrevemos a entrar, o a lo sumo damos una vuelta dentro de la habitación y salimos de inmediato, aunque con pasos lentos y abrazando cada uno su propio cuerpo para que no se desborde el dolor que llevamos dentro.

11

Escribir acerca de la muerte de mi madre me hace sentir algo parecido a la vergüenza. Como si llegara tarde a un tema que tendría que estar superado, como si pensarme hija y reconocer mi orfandad necesariamente me devolviera a la inmadurez, al berrinche, a una condición pueril y, por consecuencia, estúpida. ¿En qué momento dejamos de ser hijas? Es obvio que la identidad filial que adquirimos al nacer se lleva hasta la muerte, pero no me refiero a eso. ¿Cuándo dejamos de pertenecer a nuestras madres? ¿Cuándo dejamos de sentir el hambre del afecto que nos negaron, de *su* aceptación? ¿Cuándo dejamos de sentir miedo de su juicio, de su mirada o sus silencios? Es evidente, al menos para mí, que no ocurre con la muerte, al contrario, la muerte trunca el proceso natural en que las hijas lograríamos eventualmente saldar lo que nos separó de nuestra madre. La muerte nos roba también esa posibilidad.

Los camilleros llegan y colocan su cuerpo dentro de una bolsa color gris grafito, gris tormenta de granizo, gris lápida, gris eufemismo. La bolsa no tiene agujeros, no va a poder respirar, pienso y me angustio por un instante, pero enseguida la parte de mí que sabe lo que pasa vuelve a decir «esto es real», ella no respira. Supongo que es en estos breves desconciertos que nos vamos haciendo a la idea de la muerte. Junto con los camilleros llega un hombre al que únicamente le veo los pies porque lleva unos tenis que encienden luces al caminar, de los que usan los niños. El hombre de la morgue nos pregunta si somos nosotros los familiares de la señora, y dice que necesita que uno de los dos lo acompañe para firmar el reconocimiento de cadáver. ¿Quién es el indicado, él por ser su esposo y haber estado con ella los últimos treinta y cinco años, o yo por llevar su sangre? Mi padre vuelve a extender su mano solemne en ese gesto suyo de imposición y designio. Es la sangre quien debe reconocer a la sangre, el amor se queda aquí, con su pena y con su pérdida, y con la pesadilla de los trámites.

Sigo las luces rojas de los pies del hombre: pasillo, vuelta, elevador, pasillo, puerta, vuelta. Salimos del edificio central y llegamos hasta un módulo anexo. Él me pide que espere y señala una ristra de sillas. No sé cuánto tiempo pasa. El tiempo se desmorona, solo sé de latidos. Al siguiente latido me llaman, pero no por mi nombre, sino por el nombre de mi madre. Dicen: María Elena y yo me levanto y voy.

El hombre de tenis con luces me hace pasar del otro lado de una puerta de cristal turbio. Ahí, a mitad del corredor se encuentra la camilla que transporta el cuerpo amortajado de mi madre. El hombre parece tener prisa, todos sus movimientos denotan premura e impaciencia. Abre la bolsa ahí mismo, hasta la mitad y pregunta: ¿reconoce usted a la occisa? Entonces me doy cuenta del color ostión y la rigidez de su rostro que es el mío y, en efecto, la reconozco, me reconozco en ella: la persona que me dio la vida se hunde ahora del lado de la muerte, con su identidad, con sus recuerdos, con las historias que ya no va a contarme, las palabras que no volverá a decir y el timbre de voz que no volverá a sonar, con sus pensamientos y emociones, con lo que ama, lo que odia, lo que cree. Es mi madre, soy ella y ella es yo y ella está muerta. El hombre repite: ¿la reconoce? y digo: sí, pero en realidad tengo ganas de decirle: ¿acaso es usted idiota? ¿No ve que somos casi la misma persona? El hombre me pide firmar el acta al calce y eso es todo, gracias. Salgo de la morgue y siento que me cuesta respirar porque una parte de mí está con ella del lado de la muerte y se asfixia dentro de una bolsa color gris acantilado, gris humo, gris piel de ballena.

Ofrenda

Viajo para ver a mi madre en el hospital. La terminal, el informe, no pierdas el pase de visita, la rampa, el pie oscilante, su ausencia.

Como ramo de flores, quisiera llevar un hijo dentro de mi cuerpo para regalarle una esperanza hecha de células, poner su mano sobre mi vientre y que escuche: el hilo de tu sangre continúa, puedes irte tranquila, no morirás en mí.

Pero en mi cuerpo no enraíza ninguna esperanza. Hubo un retraso, es cierto, pero llegó mi regla a mitad del viaje, en el baño del autobús. Doloroso y sangriento alivio.

Nunca he deseado ser madre. He deseado tener hijos para alguien más, para ella, para su conformidad, para obedecer al designio de la sangre que ahora fluye y escapa. Fluye y escapa de ambas la posibilidad de la vida.

«No tuve hijos. Logré cortar esa cuerda milagrosa de la obligatoriedad, el amor forzado, el amor institucional; corté la línea de sangre que debía cumplir, no hice lo que debí hacer porque eso, solo eso, era lo que me esperaba.»

BRENDA RÍOS,
«Quiero hablar con dios
pero apareces tú, madre»

Cierta responsabilidad
—quizá positiva— de aniquilar
el mandato[6]

Tengo cuarenta años y estoy escribiendo un texto acerca de mi decisión de no ser madre. Analizo argumentos a favor y en contra, persigo justificaciones, autoengaños, equívocos y descubro que por encima o por debajo de todo no siento el deseo de ser madre. Me sostengo firme ante la idea de que no hay nada más fidedigno que el deseo, que es el argumento más genuino e irrebatible tanto para quienes quieren tener hijos, como para quienes no. Entonces mi madre se manifiesta de modo imaginario. Confronto mi decisión con ella en un lugar hipotético, un futuro alterno donde ella se recupera de su enfermedad y logramos, mal que bien, conciliar nuestras diferencias con la debida distancia. Imagino que le llamo los domingos, platicamos de recetas y de recuerdos felices, hemos aprendido a esquivar los temas que nos llevarían a discutir. Yo comienzo a aceptarla como madre y a entenderla como persona, a respetarla sin sentido de obligación y amarla sin necesidad de que apruebe quién soy. Dentro de lo que cabe, está dispuesta a aceptarme. Aun así, con todo lo que es verosímil poner a favor

---

[6] María Malusardi, *Una madre es un piano triste*.

entre nosotras, habría algo que pienso que para ella sería imposible de tolerar, y eso es mi decisión de no tener hijos. Pienso
que para mi madre la maternidad era un asunto vital incuestio-
nable, más que un deber social, ella lo consideraba un mandato
de la naturaleza, un juramento hecho desde el momento en
que los cromosomas decidieron agruparse en una equis y otra
equis. Para mí, por el contrario, contravenir el mandato es dar
por terminado un asunto pendiente, es cumplir con un deseo
que nació en su corazón.

Volvemos a casa con las manos más vacías que nunca. Al llegar me sorprende ver en pie el tejado, la reja, los muros. Se mantiene la parte material, el caparazón deteriorado de la casa que ella habitó y mantuvo con vida. Mi nana y la tía Marthita nos esperan llenas de llanto. Al menos ellas tienen ese consuelo. Mi padre pronto se parapeta tras la gruesa muralla del protocolo y la ceremonia. Ha resuelto los trámites del acta de defunción y me da instrucciones precisas: debo disponer el ajuar para mi madre y dormir una siesta para aguantar la jornada durante la noche. A las siete iremos a la capilla a recibir el cuerpo, se dará un discurso, recibiremos a los hermanos, a la familia. A las doce mi padre pedirá que cierren las puertas y que se vaya todo el mundo a su casa. Es lo más adecuado, dice. Ahora ya las funerarias lo permiten, no tiene ningún caso que nos quedemos toda la noche despiertos cuando uno puede irse a su cama a descansar. *A su cama a descansar.* Pienso con ironía y contengo una risa amarga. Obedezco.

Decidir el atuendo que llevará una persona en su funeral implica decidir por ella, sobre su cuerpo, sobre la apariencia que dará al mundo en esa despedida. Supone trazar una suerte de común denominador de su estilo y preguntar ¿qué hubiera querido ponerse en una ocasión así? Abro su clóset y encuentro los vestidos que llevaba a las reuniones, colores cálidos con estampados de flores, los vestidos que ella se hacía de gabardina beige o azul marino, con cuello camisero, mangas rectas a medio brazo y botones al frente. Sus favoritos, no obstante, eran los vestidos de mezclilla sin mangas, vuelo de corte princesa y largo a media pierna, que solía usar con sandalias de cuero los fines de semana. Pero esa sensualidad discreta y modesta se queda para nosotros. Sin pensarlo mucho me decido por uno de los últimos vestidos que compró, de tela satín color crema con un patrón de figuras onduladas en negro y ocre, cenefa negra en el cuello y en el ruedo de la falda. Se lo había puesto solamente un par de veces, era demasiado casual para una fiesta, y demasiado elegante para llevarlo a las reuniones de cada semana. Irá bien con unos aretes perlados. Es sobrio y no opacará su piel maquillada por los embalsamadores. Tomo de sus cajones el ajuar completo, sin omitir nada: ropa interior, pantimedias, su brasier favorito, el vestido, los aretes, el collar. Pongo todo en una bolsa de papel de las muchas que guardaba para una ocasión especial, y se la entrego a mi padre, que la recibe sin hacer preguntas. El taconeo de sus zapatos se aleja hacia la cochera. Me recuesto en la que fue mi cama. Intento inútilmente que el sueño llegue y me lleve a alguna parte. Intento inútilmente que llegue el llanto.

Es verano en Guadalajara, y a las seis y media el sol es tan intenso que parece mitad del día. Mi padre ya hizo arreglos. Hacer arreglos es su forma de sostener el mundo. Trajo la camioneta, para que quepamos todas: mi nana, mi tía Marthita, mi tía Tencha, mi abuela, él y yo. Extiende la palma de su mano para indicarme que ocupe el asiento de adelante. Soy la hija única y mi madre ya no está, heredo por derecho su lugar en el coche. Tomamos avenida Federalismo y nos detenemos en el semáforo, junto a la iglesia del Refugio, la iglesia chiquita que se quedó atravesada sobre el camellón. Veo los juegos mecánicos del otro lado de la avenida. No hay quien me tape los ojos para que no haga berrinche.

El sol me da de lleno en la cara y me deslumbra. Justo antes de que el semáforo cambie a verde, una parvada de palomas pasa por encima de nosotros y su sombra nos cubre. Por un instante se dibuja la silueta de unas alas sobre mi regazo. Sucede en un parpadeo, pero la imagen se me queda marcada a fuego en la memoria: debo escribir sobre esto.

Damos vuelta en avenida La Paz y llegamos a una casona antigua que convirtieron en funeraria: techos altos, piso de mosaico, muros color verde pistache rematados con molduras blancas estilo neoclásico, sillones de vinipiel recargados contra las paredes. Mi madre era una mujer muy querida que pertenecía a una religión sumamente gregaria, así que la gente comienza a llegar a raudales, mujeres vestidas de falda y hombres con camisa de manga corta, mocasines. Muchos de los que conocí en mi infancia ahora se acercan a darme el pésame. Su condescendencia me hace suponer que piensan que encontraron a la oveja descarriada, y que por obra de su compasión volveré al rebaño: muy pronto tu mami estará de nuevo con nosotros, en el Nuevo Orden, dicen con una gran sonrisa.

Los testigos de Jehová suelen plantear su dogma en contraposición con las creencias de otras religiones: no creen en la cruz porque aseguran que Jesús no fue crucificado sino que lo colgaron en un madero sin travesaño, con las manos clavadas arriba de la cabeza; tampoco creen en el alma ni en la existencia de un cielo o un infierno. Para ellos, la muerte es una pausa, un estado de espera (también la vida), aguardan a que llegue el final de los tiempos, algo que ocurrirá pronto, muy pronto, el final es inminente y está a la vuelta de la esquina (desde mediados del siglo xix). Pronto Jehová traerá el Armagedón y aniquilará a los infieles como rastrojo que se arroja al fuego, limpiará la Tierra para dejarla a sus siervos convertida en un jardín paradisíaco, donde los muertos resucitarán, los viejos rejuvenecerán y los enfermos volverán a tener salud. De ahí que los ilustradores de la *Atalaya* se esmeren por dibujar escenarios utópicos donde la gente recibe con un abrazo a los seres queridos que perdieron en la muerte, rodeados de árboles, pasto recortado, flores, ríos y animales.

Puede parecer absurdo que personas pensantes asuman ese cuento como una realidad, pero existen y son muchas. También están los terraplanistas o los que creen en ovnis o en suicidarse para ser salvos. Es peligrosa la fe, como cualquier otro estupefaciente, y es un verdadero bálsamo. Puedo verlo con mi padre, mis abuelas y mis tíos, que lamentan la muerte, pero piensan en ella con cierta ligereza, como un estado transitorio. Tienen la completa certeza de que pronto, muy pronto verán de nuevo a mi madre, viva, joven, sana. Yo no. Sé que jamás volveré a verla, ella dejó de existir. Asimilar la muerte sin la anestesia de la fe es encarar el vacío, la paradoja de lo que deja de estar y de ser. Es darme cuenta de que hacia ese vacío voy también yo, y no hay salvación, no hay paraíso, no hay retorno. El único amparo posible para mí es la escritura. Necesito escribir.

Su silencio

Mi madre guardó con celo un silencio absoluto en torno a su enfermedad. Nadie podía enterarse. Nadie de la congregación o de la familia lejana, nadie de los vecinos o de sus amigos. Sabían su hermana, su madre, su sobrina, su esposo y su única hija. Yo nunca entendí por qué. Le reprochaba que se hubiera pertrechado tras los muros de su casa, que se hubiera empeñado en quedarse sola por pura vanidad de que la recordaran lozana y bella. Nunca supe qué hacer con la responsabilidad de ser una de las cinco personas en quienes confiaba. Mi madre eligió llegar al final en silencio, no quiso compartir su dolor con los demás, no quiso despedidas.

El servicio de la funeraria ofrece una barra de café, té y galletas surtidas. Hay un par de ramos de flores, lilis blancas y crisantemos. Mi abuela y mi nana en un rincón, apretujadas en los sillones, mientras que el hermano Ernesto, a quien mi madre despreciaba por gordo y por feo, se encuentra a la cabecera del ataúd devorando un puñado grande de galletas con un vaso de café que apoya sobre la barriga, saca sus labios gruesos para masticar y le desparrama migajas encima. Parece una broma. Imagino lo que mi madre diría si pudiera verlo. Entonces siento de nueva cuenta el chispazo de su presencia. Quiero que vuelva de la muerte para contarle: a que no sabes quién estuvo en primera fila en tu funeral comiendo galletas encima de tu ataúd... Ella renegaría y al final nos reiríamos juntas.

Supongo el juicio de algunos sobre mí. Soy la mala hija que decidió estar lejos, la hija rebelde que no ha formado una familia, que se alejó del camino de Jehová y decidió llevar la contraria a sus padres en lugar de honrarlos. Por supuesto no lo dicen. Señalan que lleve el cabello tan corto o preguntan cómo me va en Oaxaca. Aunque les ponga cara de disgusto sonríen comprensivos, compasivos, me regalan su lástima. Me mantengo firme. Nada ni nadie logrará romperme esta noche.

Ni mi nana, ni mi abuela, ni mi padre o alguno de mis tíos me reprochan que no haya llorado. Ninguno de ellos se atreve a sacudirme y a decir: es tu madre quien está en ese ataúd, ¿qué no te das cuenta? Tienes que llorarla ahora, de lo contrario ese llanto te pesará como una piedra de molino, y lo llevarás sobre la espalda durante siglos, y cada lágrima que no derrames ahora se multiplicará por mil, y cada gemido que retengas ahora será el crujir de tus dientes. Soy una estatua de sal ante todos ellos. Una no se rompe frente a los que desean verte rota, es la regla que invento en ese momento para mantener mi dignidad intacta.

Mi padre le pidió al hermano Ernesto que diera el discurso. La liturgia es simple y tiene el mismo formato de todas las demás reuniones. Eligen un cántico que resulte adecuado a la situación, la música instrumental suena en las bocinas: flautas, oboes y violines en acordes almibarados, como banda sonora de película medieval. Todos se ponen de pie con el libro de cánticos abierto y tratan de entonar a coro enmascarando los falsetes entre las demás voces. Cuando la melodía termina, el hermano Ernesto se acerca al micrófono, inclina la cabeza y cierra los ojos para hacer la oración en voz alta. Todos en la sala funeraria guardan silencio, inclinan la cabeza, cierran los ojos y escuchan. Todos excepto yo. La oración, como siempre, es una súplica improvisada en la que se habla de manera solemne a dios en segunda persona, con frases y estructuras que se han ido copiando unos a otros: te damos gracias por permitirnos estar aquí esta noche para acompañar a la hermana Mara y a su familia… No estoy dispuesta a soportar esta mierda, necesito whisky, pienso, y aprovecho para huir mientras ellos cierran los ojos para hablar con su dios.

Teléfono descompuesto

No hubo una última vez que hablara con mi madre. No la recuerdo. Nos fuimos perdiendo como en una llamada con la señal fallida donde se rompen las voces en fragmentos incomprensibles y una le habla al vacío o recibe silencios en respuesta. Cuando mi padre ponía a mi madre al teléfono, yo me negaba a oír sus palabras cortadas. Me dolía el esfuerzo de sus monosílabos, las pausas eran abismos, cada emisión de voz, una estocada.

Para la familia, lo del día siguiente ya no es tanto una ceremonia, sino apenas el trámite para disponer de sus restos. Ella pidió ser cremada. Es parte del dogma no dar ninguna relevancia a la materialidad de la persona que ha fallecido, ni altares para colocar la urna, ni flores en la tumba cada año y por supuesto nada de hablar a las cenizas como si el muerto pudiera oír, eso a Jehová no le gusta.

Vamos rumbo a los Recintos de la Paz, al otro extremo de la ciudad. El parque es lindo, lleno de árboles y amplias áreas verdes sembradas de tumbas. Avanzamos entre los jardines en la camioneta. Nos acompaña la familia y algunos hermanos que tienen coche o encontraron quién les diera aventón. Mi padre y yo mantenemos la contención. Hay que guardar las formas, dice con ese tono ceremonioso y adusto que le sale tan natural. Yo francamente estoy harta de ver gente y siento rabia hacia todo y hacia todos, unas ganas tremendas de gritarles que se vayan al carajo. Sin embargo, seguimos los dos en nuestros respectivos papeles, él de padre fuerte, y yo de hija cerrada, fría, lejana, desalmada, los brazos cruzados sobre el estómago, la mirada evasiva. Par de tontos, no nos damos cuenta de que en toda esta parafernalia él y yo somos los despojados, los que estamos desnudos y sin piel, y aun así nos esforzamos por mantener la compostura.

Esperamos junto al crematorio a que llegue el ataúd con el cuerpo. Nos guarecemos del sol bajo una bóveda con arcos de cantera, frente a unas puertas de madera de horrenda talla barroca, atiborrada de ángeles gordos, con cachetes hinchados y ojos saltones. El ataúd llega. La despedida es breve. Yo sigo crispada y a la defensiva. Es mi tía Larita, hermana de mi padre, la menor, quien se da cuenta. Ella es la única que me abraza de verdad, con todo el cuerpo, sin fingimiento ni protocolo, gracias a su abrazo reacciona la parte de mí contenida tras la barrera, y caigo en la cuenta de que es el momento de la despedida, se me concede la gracia de decir adiós. Al menos tengo eso, que no es poco. Se abren las puertas de madera con angelitos mofletudos para recibir el ataúd, y tan pronto como se cierran acaba la función, los hermanos se van. Nosotras, la familia cercana, las tripulantes de la camioneta de mi padre, además de mi tía Larita y su esposo, nos quedamos otro poco.

En el jardín, entre los setos, se levanta una nube de mariposas blancas diminutas hechas de la ceniza de los muertos. La idea llega de nuevo: necesito escribir. Tengo que escribir sobre todo esto. Las palabras que ella perdió ahora me pertenecen.

Cuando salimos del cementerio y damos vuelta en la avenida Aviación veo la nube de humo que escapa de la chimenea del crematorio, la materia que conformó a mi madre ahora se disuelve con las nubes y se aleja hacia el horizonte sobre un cielo muy azul. Pienso en la escritura como en una promesa. Las palabras aliviarán el dolor de este momento y esa será mi paz, ese será mi descanso. Escribir acerca de esas nubes será mi consuelo.

12

Sé que me voy acercando al final de estas notas y empiezo a sentir cada vez más miedo. De verme expuesta. De estar aturdida por la pena y no ser capaz de tener una perspectiva más distante, más elaborada. Me asusta que con el paso del tiempo vuelva a leer y caiga en la cuenta de mi propia estupidez. Ser hija es tantear el futuro. Es tartamudear preguntas y rehuir juicios, reproches, ideas pueriles. Ser hija es atenerse a la posibilidad de error e intentar costearlo.

«Los muertos convierten
a los que quedan en fabricantes
de relatos.»

VINCIANE DESPRET,
A la salud de los muertos

Han pasado tres o cuatro días desde la jornada de su muerte. Mi padre me pide que *disponga* de las cosas de mi mamá. *Aspectos propios de la intimidad femenina.* Guardo en dos maletas lo valioso, los vestidos que ella cosió, la ropa que a ella le gustaba. Siento como si le ayudara a hacer su equipaje, pero cuando cierro las maletas la voz de nuevo aparece «esto es real, ella no va a volver». Pongo las maletas en lo alto del clóset, ya veré luego qué hacer con ellas, por lo pronto que esperen ahí, en el lugar inaccesible donde se guardan las cosas de los muertos. En una bolsa de tianguero guardo lo que podría servir a alguien más, los suéteres, los paquetes cerrados de calcetines, las camisetas de algodón que guardaba para cuando se sintiera digna de estrenar: lo viejo cuida a lo nuevo, decía la tía Carlotita. Mi nana y mi tía Marthita se llevarán esa bolsa al rancho, estoy segura de que es lo que ella hubiera querido.

Hago una montaña con el resto de sus cosas, las más íntimas, las capaces de infligir dolor, las que recuerdan a su enfermedad, las camisetas con manchas de comida y de sudor, los calcetines sin elástico, los documentos del hospital que registran ese tiempo y su narrativa. No quiero saber de esos objetos pudriéndose en un depósito de basura. De modo que hago un bulto entre los brazos y subo con él a la azotea. Es media tarde, las dos, las tres.

Bajo el sol de junio el fuego es una caricia traslúcida que devora los tejidos y consume, convierte la materia en humo. Hay un extraño bienestar en ver arder los emblemas de la postración, el logotipo del IMSS en los viejos pases de visita, las manchas que ya no se quitarían nunca. Hay en esto un sentido extraño de equilibrio: si ella desapareció en una nube de humo, también sus objetos personales deben consumirse.

Sobre el suelo de la azotea, donde mi madre solía tender la ropa recién lavada, se forma una mancha oscura con prolongaciones que enraízan en el tejido mineral de nuestra casa. La imagen me oprime el pecho, me angustia su semejanza con la forma dibujada en las radiografías que también quemo: el agujero negro que lo imanta todo, el vacío que nos devora. Sin embargo, estamos en junio y sobre el horizonte se acumula una masa densa de cumulonimbus. Serpentea de oriente a poniente y me cubre con su sombra. Pronto comienzan a precipitarse los goterones que golpean el suelo como canicas de vidrio. La mancha oscura se disuelve. Puedo distinguir el latido en el que ocurre: aquí es donde termina la muerte, aquí es donde comienza el luto. El fuego consumió el dolor. Las cenizas fueron tragadas por la tierra, ahora llega el agua. Opto por la vida. Dejo que me bañe el aguacero.

Capítulo VI

Deriva

El vuelo con destino a Los Cabos sale a las 10:25 de la mañana. Son las seis. Casi es primavera, pero a esta hora en la Ciudad de México siempre hace frío. Camino por los largos pasillos curvos de la Tapo para subir a la línea rosa del metro, transbordar a la línea amarilla en Pantitlán y bajar en Terminal Aérea. Me cubro la cabeza con el gorro de la sudadera y escondo los puños en los bolsillos de canguro. No necesito documentar equipaje, llevo solamente una mochila naranja con lo indispensable, dos camisetas, tres calzones, sandalias, menjunjes, traje de baño y una toalla pequeña. Tengo la sensación de haber olvidado algo, de haber perdido una maleta imaginaria.

Amanece sobre una llovizna azul cobalto en la explanada de concreto donde los aviones avanzan a paso de nube. Ahora espero en las sillas de la sala B. Saco de la mochila un ejemplar de *Moby Dick*. Es el tótem de este viaje. No traigo una muda de pantalones, pero me pareció propicio cargar con más de quinientos gramos de Melville en la espalda. En varias ocasiones he intentado leerlo y no he podido pasar de la página diez. Pienso que los descansos y las horas muertas del viaje me darán oportunidad de acometer la lectura y encontrar en él una respuesta, un guiño. Aunque en este momento no me decido a abrirlo. Me quedo mirando el vacío. Soy Jonás huyendo de la mirada de dios, a punto de embarcarse. La tempestad está por comenzar. El peso del tabique de *Moby Dick* sobre las piernas me sostiene, me aferro a su materialidad como quien camina sobre una cuerda floja empuñando el mango de un paraguas. Si lo suelto, caigo. Si cierro los ojos, caigo.

Gestación

Entre los álbumes de fotos con espiral y hojas autoadheribles hay una sección de varias páginas donde aparece mi madre. Su mirada es otra. Su sonrisa es otra. Son las fotografías de su luna de miel, en Baja California. De niña me detenía en esas páginas sin poder dar crédito de que ella, la mujer de minifalda y lentes oscuros fuera mi madre; la mujer que ríe en la playa con un fresco vestido de algodón confeccionado por ella misma; la mujer tendida al sol, de cuerpo blanquísimo, en un bikini que deja ver su vientre tierno, sin prominencia alguna que revele sus tres meses de embarazo; la mujer sentada en la proa de una lancha con los riscos de El Arco a sus espaldas. La mujer que camina hacia el desierto con los pies descalzos y una bata de seda muy azul que ondula con el viento dentro de poco será mi madre. Y yo viajo ahora a esa misma geografía en busca de un inicio, una explicación, una epifanía.

Decido comenzar el viaje por la punta, como quien toma el cabo de un hilo y lo enhebra para remendar una rasgadura. Hojeo la revista de la aerolínea: las fotografías muestran Baja California como un lujoso paraíso en el desierto, pero yo no voy a ese lugar, yo viajo a otra lejanía. Me imagino recorriendo con el cuerpo la línea que trazo con el índice sobre la piel del mapa: Todos Santos, La Paz, Loreto. No conozco esos lugares, solo son nombres, no tengo idea de lo que habré de encontrar ahí. Anuncian el descenso, y un impulso infantil me pide encontrar la figura de la península recortada sobre el mar interior. De niña pensaba que Baja California debía ser una franja de tierra tan estrecha que si uno caminaba por el centro alcanzaría a ver el Pacífico de un lado y el Mar de Cortés del otro. Pensaba en ese territorio como un lugar vacío, ajeno a la identidad prefabricada de México, no tenían traje típico ni bailes regionales, no preparaban mole, tamales o dulces, solo había desierto y el agua del mar era muy fría.

Fue un error venir a este lugar. Anduve todo el día caminando bajo el sol, tratando de encontrar el modo de llegar a El Arco sin tener que contratar un bote de turistas. Yo no vengo aquí de vacaciones, necesito que me lleven mis propios pies, necesito encontrar sentido en cada paso, pero no hago sino topar con calles vacías y enrejados con alambre de púas y basureros que huelen a tripas de pescado. Comienza a anochecer y una cortina densa de nubes adelanta la noche. Un viento helado me golpea la espalda, viento que viene del norte. Camino sobre las figuras garigoleadas del malecón. De un lado, el atracadero de yates se mecen como fantasmas; del otro, los establecimientos desolados de un centro comercial. Es lunes, todo parece muerto, los escaparates, las mesas con las sillas patas arriba. El viento hace volar las mamparas y los toldos color azul marino como advertencia, como perro que ladra agresivo a los que pasan frente a su casa. No debí venir aquí.

13

Una mujer mayor que escribe acerca de ser hija puede percibirse como una anomalía. Las tías *solteronas*, las que se quedaron *a vestir santos*, a cuidar a la madre en su vejez, son consideradas seres incompletos, se las suele ver con lástima y condescendencia. Seguir siendo hija después de cierta edad es motivo de vergüenza. Se supone que una mujer, al llegar a la madurez biológica, debe cambiar su identidad de hija por la de madre. El rito de paso de la maternidad despoja a la mujer de su rol de hija, y se suele dar por sentado que esta transformación repara de forma automática la relación con la madre, resuelve el conflicto: ¿ahora entiendes, verdad? Sí, ahora entiendo. Pero esa inmediatez me resulta sospechosa. La abuela sigue siendo hija, la madre sigue siendo hija, la hija sigue siendo hija, aun del otro lado de la muerte. Heredamos el cuerpo y heredamos la deuda. Las ausencias siguen estando debajo del tapete de los días. Su naturaleza crece, corroe el vacío debajo de nuestros pies. Dejamos que la vida continúe como si no pasara nada y con el paso del tiempo la grieta se vuelve más profunda. Más peligrosa.

Puede parecer bonita la idea de perderse cuando no se está realmente perdida, cuando se tiene certeza en el cuerpo y no importa dónde esté o a donde vaya, el espacio se transita sin miedo; cuando se tiene dinero suficiente en la tarjeta de débito y se siente con derecho a entrar en cualquier cafetería y beber su café en calma, sin cuestionarse. Estar verdaderamente perdida es todo lo contrario, no hay benevolencia ni lugar donde una pueda sentirse a salvo. Es saberse inadecuada y dudar de cada paso, dudar muy en el fondo del motivo de la presencia del cuerpo en su presente. Es saberse una anomalía. El cansancio y el frío me persiguen. Los lugares que podrían servir de refugio parecen inaccesibles: demasiado cursi, demasiado solo, demasiado lleno, demasiado caro, expuesto, ruidoso, sucio. El rechazo tácito del espacio y de las personas refuerza mi recelo y sigo caminando, quiero huir, pero no tengo a dónde. Los zapatos lastiman, comienza a llover. La carencia, el desamparo, la soledad son sombras pegadas a los talones de las que no puedo escapar, no encuentro dónde resguardarme de la yo que me persigue. Al final de la calle la luz cálida del otro lado de una puerta de vidrio me atrae como mariposa nocturna. Es una papelería. Los estantes están desordenados, llenos de bisutería, juguetes de plástico, juegos de mesa y artículos para fiesta.

En la esquina de una de las mesas hay una pila de cuadernos. Son gruesos, de 200 hojas, con divisiones de papel manila, tapas de cartoné marmoleado en blanco y negro, lomo de tela y un recuadro blanco al frente que dice Libreta Universitaria de I. P. de Baja California. El logo de la IP, Industrial Papelera, tiene una coronita arriba, muy simpática. Es momento de comenzar a escribir. Buscaré un hotelito accesible donde pasar la noche y escribiré hasta que me venza el cansancio. Compro la libreta y salgo empujada por un nuevo brío. La habitación oscura y sin ventanas que encuentro en las afueras de Los Cabos se sale del presupuesto contemplado para el viaje, pero la pago con tal de tener refugio. Me siento en flor de loto a mitad de la cama porque no hay más dónde y abro el cuaderno, pero es demasiado nuevo, su blancura me impone y no encuentro las palabras dignas de romper su silencio. No sé de qué quiero escribir. De ella no, por supuesto, de mí tampoco, eso no es importante. Quiero escribir algo novedoso, conmovedor, relevante, estilísticamente perfecto, pero qué. Me echo de espaldas sobre el cubrecama lustroso con estampado de flores y me quedo dormida buscando figuras en el tirol del techo. Mañana sobre la ruta encontraré la respuesta, mientras vaya en el autobús o cuando llegue a otra ciudad, a un lugar más amigable, cuando encuentre el origen de este llamado que me pone en movimiento. El viaje continúa, pero el viento que viene del norte persiste a mis espaldas. Hará mucho frío, hará mucho miedo, mucho sol, mucha lluvia, hará mucha vergüenza para sacar el cuaderno enfrente de todos y comenzar a escribir.

Zapatos

Recuerdo una mañana espléndida y luminosa en que caminaba por las calles del centro de Oaxaca rumbo al trabajo. Era temprano, no había prisa. Me detuve ante la vitrina de una zapatería instalada en la ventana de un edificio colonial. Del otro lado del vidrio había unos zapatos de horma redonda, conservadores, de piel muy suave color paté, tacón ancho de dos centímetros, tapas de goma, plantilla de piel. El precio era bastante accesible. Son perfectos, pensé. Iba a entrar a la tienda, tenía el pie en el escalón, cuando recordé que mi madre ya no estaba.

El desierto se extiende a ambos lados de la carretera. De cerca veo espinos, sahuaros, arbustos de paloverde. A lo lejos, la llanura parece interminable. La línea de asfalto se pierde en el horizonte como un vórtice infinito. Vamos por la transpeninsular, a un costado del mar interior, el golfo de California. Miro por la ventana en busca de caminos que pudieran llevarme a él. No es que quiera bajar aquí y convertirme en alimento para buitres, pero me gusta fantasear con la idea de caminar a campo traviesa y salir a su encuentro, sumergirme en la orilla y avanzar, entrar en lo profundo, y seguir y seguir hasta quedarme dormida en el fondo de un abismo.

Voy a bordo de una vieja camioneta pickup con asientos de terciopelo pringoso y una casa rodante enganchada detrás. Vamos en silencio. La mujer que maneja no pregunta de dónde vengo ni me alecciona acerca de los riesgos de subir al coche de una desconocida. Se parece a mi madre, pero con el cabello gris y el rostro marchito. Me pide que le pase un estuche de casettes que está junto a mis pies y reconozco en su voz el mismo acento norteño que mi madre se esforzaba por ocultar. Aunque Sinaloa y El Fuerte, el pueblo donde ella creció, quedan justo del otro lado del golfo, no esperaba encontrar tantas semejanzas: la misma forma de construir caseríos desparramados sobre grandes extensiones de suelo árido, expendios de cerveza en cada esquina, machaca de pescado, sol achicharrante, mercadillos tristes al costado de la carretera donde me abastezco de manzanas, galletas de avena y carne seca para subsistir. La mujer saca del estuche una cajita forrada por dentro con papel fotocopia. Su mano nudosa tiembla, pero se ve que domina las técnicas del conductor solitario. Inserta el casette en la ranura del tablero. Los acordes de una guitarra y la voz templada de Johnny Cash completan la escena. *I hear the train a coming', it's rolling 'round the bend...*

Unos kilómetros más adelante la mujer orilla la camioneta: hasta aquí nomás te puedo llevar, muchacha. Le doy las gracias y bajo a mitad del desierto, en medio de la nada. Camino por el acotamiento de la carretera y la veo alejarse con su casa rodante. Imagino a mi madre viviendo así, de forma nómada, de un lado a otro en completo desapego de las cosas. No pasa ningún otro coche, no hay ni un alma y empiezo a sentirme desorientada, cuando del otro lado de una curva la llanura reseca de pronto rompe en un estallido de verdor. Es un río de palmas datileras y juncos, y un oscuro cuerpo de agua que corre hacia la desembocadura.

En la entrada del pueblo hay un arco sobre dos torreones. Avanzo por la avenida principal y me adentro entre las calles desiertas en busca de una salida que me permita bajar al afluente. El poblado es antiguo y bonito aunque la mayoría de las casas parecen abandonadas, tienen tapiados los balcones, las puertas caídas dejan ver el baldío interior, el sol se cuela por los tejados rotos, las bugambilias trepan por las grietas de las paredes. Las banquetas son muy altas igual que en el pueblo de mi madre, debieron construirlas a la altura de los estribos previendo las crecidas del río.

Camino por la última calle del pueblo. Escucho mis pasos en el polvo y el ulular de las palomas en la distancia. Levanto la mirada y me encuentro con una casa de medio tejado de paredes de adobe que alguna vez estuvieron blanqueadas con cal, una puerta y un balcón a cada lado. Es y no es la casa donde creció mi madre. Se me contrae el pecho cuando me acerco y empujo la puerta de madera erosionada por el viento. Atravieso la oscuridad de la casa en ruinas. En la parte de atrás están los restos de un fogón y una pila de agua rota por las raíces de un tabachín que creció al pie. El sol empieza a declinar a mis espaldas.

Bajo la pendiente y me siento en cuclillas para ver pasar el cauce. Voy a quedarme aquí esta noche, pienso, no creo que se caiga el tejado. Me levanto para volver a la casa en ruinas cuando veo que se acerca entre los juncos una niña con una cubeta. Debe tener ocho o nueve años. ¿Va a querer quequitos?, dice. Levanta un plástico turbio y una tela para mostrarme los bollos de costra dorada y olor a naranja. ¿A cómo? A cinco. Saco una moneda. Ella toma uno de los bollos del lado del capacillo rojo y hacemos el intercambio. Le doy una mordida al quequito y la niña deja la cubeta en el suelo, se agacha en cuclillas sobre un tramo arenoso, toma un palo seco y se pone a dibujar el contorno del mapa de México en la arena húmeda. Esto de aquí es Baja California, dice. Nosotros estamos acá, marca un punto a la mitad de la península. En la parte de acá arriba hay una falla tectónica, remarca con la punta del palo la grieta sobre el sobaco de la península, dibuja una flecha hacia el océano.

La placa del Pacífico se mueve hacia allá, así que dentro de muchos años todo este pedazo de tierra va a separarse y a convertirse en isla. Me acabo el bollo y estrujo el papel encerado en la mano. ¿Va a querer otro quequito? Le digo que sí. Le doy otra moneda, tomo otro bollo y espero que siga con su explicación, pero ella cubre la cubeta con el trapo y con el plástico y sigue su camino. Mientras la niña se aleja por la margen del río yo veo el dibujo en el suelo y casi puedo sentir el movimiento tectónico debajo de los pies, el crujir del magma, la grieta que se abre. La fuerza de la deriva continental.

La playa por última vez

Mi madre hace planes para que vayamos a Manzanillo juntos los tres como en los viejos tiempos. Estuvo recibiendo quimioterapia y ha ganado algunas palabras, ha ganado tiempo para la incertidumbre. Luce bien. Quizá un poco frágil y más blanca. A pesar de los muchos gastos de la enfermedad, contrataron un paquete todo incluido de tres días en uno de esos hoteles que conservan dos de sus cuatro estrellas. Yo dormiré en su cuarto como si fuera una niña. El botones instala para mí una cama pequeña. El bufet del desayuno está incluido, pero solo tiene una olla grande de avena, plátanos y café. Vamos juntas a la alberca y conseguimos un par de tumbonas. En ese momento estamos solamente ella y yo. La tela de las tumbonas está rota y tenemos que cubrirlas con las toallas deslavadas que pedimos con el número de la habitación.

Ayudo a mi madre a untarse bloqueador en la espalda y siento en los dedos la textura marchita de su piel. Nos metemos a la alberca. Ella se tiende sobre la superficie y trato de imitarla, pero yo no logro mantener a flote la punta de los pies, así que me quedo de pie con el agua hasta la barbilla, observando su calma. El agua tiene sabor a metal oxidado y deja una sensación aceitosa en la piel. Los mosaicos de la alberca están chimuelos. Son las once. En el bar encienden la bocina y ponen música estruendosa. La alberca comienza a llenarse de gente que viene a hacer aeróbics acuáticos y nos tenemos que salir. Nos quedamos en la tumbona, en silencio. Sabemos que si alguien habla más allá de lo necesario será la orden de abrir fuego. Desearía estar en cualquier otro sitio excepto aquí.

Por la tarde vamos a la playa. El mar está helado y la arena está sucia. Las olas regurgitan toda clase de basura, detritos de vida marina, plástico, redes, pequeños peces muertos que evito pisar con los pies escaldados por el suelo caliente. Avanzamos juntas sobre la línea de la pleamar. El viento nos golpea los oídos y su soplido se lleva las pocas palabras que no decimos. Mucho tiempo después recordaré el peso de su brazo en el mío, el agua que arrastra la arena debajo de nuestros pies, los gritos desesperados de las gaviotas, cuando comprenda que estos días extraños son su manera de despedirse.

Siento el amanecer en los huesos. La luz del sol se filtra por las ranuras de las puertas del balcón, por el tejado roto de la casa en ruinas donde pasé la noche. Me levanto del suelo como se levantan las vacas y los perros, mis patas de mamífero sostienen el peso de mi cuerpo. Me sacudo el polvo y salgo al patio a orinar entre las raíces del tabachín que creció junto a la pila de agua. Me echo a la espalda la mochila naranja que sirvió de almohada. Atravieso la oscuridad y abro la puerta de madera erosionada por el viento. Cuando salgo, encuentro escombros. Estoy en el jardín trasero de lo que fue la casa de mi madre. Quedan la puerta y la ventana superpuestas en el muro de colindancia, queda la noria seca con el arco de medio punto, pero se murieron las bugambilias en las macetas y el pasto bajo las montañas de arena y de cal. Mi padre una vez más extendió la fuerza de su recuperación al espacio que habita. Quería hacer una ligera remodelación, tirar un par de muros y construir un cuarto en el segundo piso, pero cuando los albañiles comenzaron con la obra se dieron cuenta de que la casa no tenía castillos. Los ladrillos estaban empalmados en las esquinas y unos pobres cimientos sostenían el peso de los muros. Fue necesario demoler la casa por completo. Avanzo entre hilos de nivelar y varillas oxidadas. Los albañiles cavan las zanjas donde vaciarán el cemento de las zapatas que sostendrán la nueva casa. En el lugar donde alguna vez estuvo el cuarto de costura encuentro un fragmento del piso original, con nebulosas psicodélicas naranja con gris. Busco un mazo y un cincel y desprendo una de las losetas, le sacudo el polvo y la guardo en la mochila, entre la ropa sucia, junto a la libreta universitaria, junto a *Moby Dick*.

Despierto en el asiento 24 de un autobús que avanza por la carretera transpeninsular. Recuerdo haber estado en San Ignacio, una tienda con pencas de plátanos verdes colgados del techo y un perro que ladraba. La realidad se vuelve nebulosa. Estoy cansada, necesito volver. Tocar fondo para volver. Guerrero Negro es blanco. Es el lugar más blanco que mis ojos han visto: unas cuantas casas dispersas entre calles de polvorón y dunas de sal que se funden en la orilla de un mar frío. Vine hasta aquí porque el llamado que siento en lo profundo es el lamento de una ballena jorobada. Había buscado durante todo el viaje una suerte de hallazgo fortuito, un contacto casual, una epifanía. Pero mis pies siguen sobre suelo firme y no tengo otro modo de acercarme a una ballena más que contratando un tour de avistamiento. Me siento ridícula y sola, apretada en un chaleco salvavidas que huele a sudor añejo, rodeada de turistas impertinentes, pero es la única manera que puedo costear de salir al mar y propiciar el encuentro. El bote avanza entre montañas de sal. Saco la mano por la borda, el agua está muy fría, la luz deslumbra con una blancura que me parece aterradora y cruel. Llegamos al lugar donde las ballenas hembra crían a sus ballenatos antes de emigrar a las aguas heladas del norte. Vigilamos el horizonte sin encontrar los signos que describe el guía, la cresta lisa, la columna vaporosa de su respiración. En realidad no pasa nada. Suceden las primeras exclamaciones de los turistas, sucede el avistamiento y las fotos compulsivas, sucede el acercamiento y el saludo cordial de la ballena, su hocico amable contra la proa del bote, el tacto húmedo de su piel, los percebes adheridos a su carne y su ojo profundo, su cuerpo de gigante sobre la superficie del agua. Sucede su silencio. En otro plano de la realidad ocurre el contacto con ese mundo abismal en que encuentro la nota grave y prolongada que proviene del fondo de la grieta, un lenguaje que está mucho más allá de las palabras, y su calma y su consuelo se encuentran más allá de la razón.

14

Mientras escribo estas notas y voy apilando las hojas en el escritorio, debajo de la piedra corazón que traje del río junto al que creció mi madre, a la par escribo en cuadernos que yo misma elaboro con hojas blancas cosidas a mano, lomo rústico de tela y tapas de cartón. En esas libretas la escritura es una respiración. Mucho tiempo creí que la escritura me pondría a salvo, que me alejaría del destino de mi madre y del dolor de su pérdida, que me ayudaría a cubrir el vacío que me llevaría en sentido contrario. Ahora me doy cuenta de que mientras escribo esto su mano envuelve mi mano como pétalos de una misma flor.

«Esta forma de escribir, que me parece ir
en el sentido de la verdad, me ayuda a salir
de la soledad y la oscuridad del recuerdo
individual, por el descubrimiento de un
significado más general.»

ANNIE ERNAUX,
Una mujer

Piso 10 de la Torre Allende, Tlatelolco

Se cumplen diez años de la jornada de su muerte. No me doy cuenta de que hay un vacío encubierto y cada vez más hondo abriéndose debajo de mis pies. Una tarde lluviosa el suelo se desmorona y caigo. La boca del abismo se cierra sobre mí. Encaro la ausencia de mi madre y el grito de reproche vuelve a mí en forma de eco y me aturde. Mi madre no está. No está su alma ni su fantasma. El único camino es hacia abajo. Sé que la única manera de salir se encuentra del otro lado de la escritura. Cansada de llorar, cuelgo la cabeza por la orilla de la cama y veo mis botas Siete Leguas: las mismas que ella me regaló hace quince años. Les he cambiado las plantillas y las agujetas un sinfín de veces, la suela completa. Lola dice que tienen vida propia y le recuerdan la aporía del barco de Teseo, que no se sabe si sigue siendo el mismo luego de que se le han cambiado todas sus partes. Entonces realizo esta serie de acciones concretas: levantarme de la cama, tomar las botas en la mano derecha y las llaves en la mano izquierda, salir descalza al pasillo, presionar el botón del elevador y esperar, entrar al elevador y presionar el botón de planta baja, abrir la puerta y caminar por el pasillo sobre el suelo frío cubierto de polvo, abrir el depósito de la basura y echar las botas dentro.

Esa misma tarde, cuando pase la lluvia, iré a comprar unas botas nuevas. Y de paso, también un helado caro. Una bola de Häagen-Dazs sabor caramelo con sal.

Cuento

Había una vez una mujer que vivía en una vieja cabaña, con una gata y un perro. Ellos eran toda la familia que tenía, ya que su madre acababa de morir, su padre vivía muy lejos, no había tenido ningún hermano ni había dado a luz a ningún hijo. La mujer se sentía muy desdichada por no tener una madre, y tan grande era su pena, que un día decidió perderse en el bosque para no volver. Su perro la seguía de cerca y su gata la seguía de lejos, y no se alejaban de su rastro, ambos cuidaban de ella porque ella también los había cuidado.

Sucedió, pues, que al caer la tarde comenzó a llover. La mujer se sentía cansada y tenía mucho frío. Encontró una cueva y decidió refugiarse en ella. Pero apenas se había recostado, escuchó el rugido de un tigre, dispuesto a comérsela. La gata entonces saltó para detener al tigre y le dijo: detente, hermano, no te comas a esta mujer, está muy triste porque perdió a su madre y ahora vaga por el bosque en busca de una. El tigre olfateó la tristeza de la mujer y supo que la historia era verdad, así que se recostó junto a ella y le ofreció su calor.

A la mañana siguiente, la mujer dio las gracias al tigre y continuó su camino seguida de su gata y de su perro. El perro muy cerca de sus talones, la gata desde la distancia. Caminaron los tres durante todo el día, y al caer la tarde la mujer sintió que se moría de sed y de agotamiento. Se recostó vencida entre las raíces de los árboles. Pensó que ya nunca podría levantarse de ahí. Mientras la mujer dormía, el árbol le preguntó al perro: ¿qué es lo que le sucede a esta mujer?, a lo que el perro respondió: perdió a su madre y ahora vaga por el bosque en busca de un cariño que alivie su tristeza. Entonces los árboles extendieron sus raíces y le dieron de beber y la arroparon para que descansara.

Por la mañana la mujer despertó recuperada, se puso de pie, respiró el aire limpio y se sintió con ánimo de seguir su camino. El perro, la gata y la mujer atravesaron extensos valles, subieron montañas, descendieron cañadas y cruzaron ríos. Al pasar los días, la mujer sintió que se moría de hambre. Habían bebido el agua de las raíces y de los ríos, pero no habían probado alimento. Entonces la mujer descubrió entre la maleza un hongo rojo muy apetitoso. Se inclinó hacia él y le preguntó si podía comer un poco de su carne, a lo que el hongo respondió: toma lo que necesites hasta saciarte, pero solo del capacete, el tallo déjalo en su lugar. La mujer tomó un fragmento para ella, otro para la gata y otro para el perro, y los tres comieron y se sintieron satisfechos.

Luego de comer, la mujer se recostó sobre la grama y se quedó dormida. La noche cayó y entre sueños sintió que alguien estaba con ella. Entreabrió los ojos y vio que había una mujer encendiendo una hoguera, pero estaba oscuro y no podía verle el rostro. El sueño la venció y la mujer volvió a quedarse dormida al calor del fuego. Entreabrió los ojos por segunda vez al percibir el olor de una sopa deliciosa que hervía sobre la fogata en un perol, y de nuevo vio a la mujer que meneaba el guiso con un cucharón, pero estaba de espaldas y de nuevo le resultó imposible ver su rostro. Al abrir los ojos por tercera ocasión sintió que la mujer la arropaba con una manta que había tejido durante la noche. Cuando despertó esa mañana la mujer se vio arropada por la manta que había tejido y en el perol se encontraba la sopa que había preparado. Entonces se miró las manos y dijo: por fin encontré a mi madre.

Comieron los tres: el perro, la mujer y la gata, luego de lo cual se dispuso a construir en ese mismo sitio una cabaña mucho más bonita y confortable que la anterior; la llenó de flores, cavó un pozo, cultivó un huerto, construyó muebles. Cuando la cabaña estuvo terminada, la mujer se sentó frente al fuego, acompañada de su gata y de su perro. El perro echado a sus pies, la gata ronroneando sobre su regazo. Los árboles la acompañaban, al igual que el tigre y el río, y vivió feliz, rodeada por el abrazo del bosque.

«Si no los cuidamos, los
muertos mueren totalmente.»

VINCIANE DESPRET,
A la salud de los muertos

Abasolo 16, San Miguel Ajusco

Salgo a comprar las cosas para el altar de Muertos: flores de cempasúchil, flores de terciopelo y nubes, calabaza en tacha, papel picado. Es mi fiesta favorita del año. La celebro de manera íntima, sin grandes aspavientos: sobre la misma mesa donde como tiendo un mantel y pongo un vaso grande lleno de agua, una botella de mezcal, algo de fruta, un cuenco de sal, velas, una taza de café con leche y pan, arreglo las flores, cuelgo el papel picado y dispongo la comida que haya preparado para ellos. Riego un camino de pétalos amarillos en la entrada y enciendo las velas; se quedarán así toda la noche a la espera de que lleguen mis muertos.

El retrato de mi madre que suelo poner en el centro del altar es una fotografía tamaño diploma que no recuerdo de dónde me robé. En ella, mi madre aparece de frente, muy seria, rodeada por una marialuisa negra. Al verla, me doy cuenta de que no quiero seguir usando esa foto, tan solemne y fúnebre. Busco entre los archivos de respaldo y encuentro un retrato de estudio en blanco y negro donde debe tener menos de veinte años. El encuadre la toma del torso hacia arriba sobre un fondo blanco, viste una sencilla camiseta a rayas y posa con el torso girado hacia la izquierda, el brazo cruzado en diagonal, el rostro mira de frente sobre su hombro, mientras que su largo cabello cae en cascada. Sonríe de forma natural, no para la fotografía, sino porque está contenta. Descargo el archivo para llevarlo a imprimir junto con el primer borrador en limpio de estas notas. Como todos los años, seguiré recordando a mi madre, solo que esta vez será sin pesadumbre. Ser hija es llegar a tierra firme y sembrar el mundo.

15

Sobre el escritorio junto a mí se encuentra la caja de lata donde mi madre guardaba sus carretes de hilo; aquella lata oxidada con un gatito blanco rodeado de flores impreso en la tapa. Fui a Guadalajara a visitar a mi padre y decidí traerla. Como la caja está torcida, solo quien sabe la maña puede abrirla. De acuerdo con la filósofa Vinciane Despret, la idea de realizar el *trabajo de duelo* en el sentido de superar la muerte es una tontería: no se «supera» la muerte sino que se crea un espacio para la persona ausente dentro de la vida. Lugares físicos, metáforas, espacios de la memoria: la fecha, el álbum de fotos, el ritual. Mi madre es un río y el recuerdo de una casa, es la costumbre de levantarme temprano, los pantalones de mezclilla y el olor del jabón Palmolive. Mi madre es mi cuerpo que crece más allá de su cuerpo, es la nube que llueve, corre por el corazón de la tierra hasta llegar al mar. Dice Despret que nos toca a los vivos realizar las tareas que dejaron inconclusas los muertos, de ese modo realizamos su existencia. Juego entre las manos los hilos de todos colores que mi madre dejó. Cierro la tapa de la caja y me levanto para salir al jardín. Me siento satisfecha y contenta. Su recuerdo es la luz de una estrella que se borra con la claridad del sol.

«Healing the mother/daughter Split is a cocreated journey;
to hear her own voice and to affirm her direction,
a woman needs a supportive community.»

MAUREEN MURDOCK,
The heroine's Journey

Fueron muchas las personas que me acompañaron durante la escritura de estas páginas. A todas ellas les agradezco profundamente su escucha, sus cuidados, su compañía. De forma muy especial quiero agradecer a Lola Horner, Claudina Domingo, Brenda Ríos, Socorro Venegas, Mariana Orantes y Francesca Dennstedt, pensar juntas es más liviano y más fácil. Janet Mérida y Luis Manuel Amador han sido mi familia elegida. En el Ajusco compartí alimento y jardín con Alex, Katia, Camilo, Camila y Hunab; con Beny aprendí a cultivar el huerto. Antonio Marts ha puesto siempre el cariño y la fe; Víctor Hurtado, la amistad y el respaldo. Fernanda Álvarez y Nayeli García cuidaron este texto con gran esmero.

Gracias, Manuel y Matías Llano, ustedes son el presente y la felicidad.

Concluí la edición de *Notas desde el interior de la ballena* durante el otoño de 2023, en la ciudad de Gainesville, donde tuve el privilegio de pertenecer al Center for Latin American Studies de la Universidad de Florida, gracias a la beca de la Kislak Family Foundation.